光文社古典新訳文庫

アンティゴネ

ブレヒト

谷川道子訳

kobunsha classics

JN166314

光文社

Title : ANTIGONE
1948
Author : Bertolt Brecht

目次

アンティゴネ

ソフォクレス原作・ヘルダーリン訳による舞台用改作

ソフォクレス原作・ヘルダーリン訳による舞台用改作
ベルトルト・ブレヒト作
協力者　カスパー・ネーアー

登場人物

序景

二人の姉妹
ナチス親衛隊員

アンティゴネ

アンティゴネ
イスメネ
クレオン
ハイモン
テイレシアス
番兵たち
テーバイの長老たち（合唱団《コロス》）

使者
侍女たち

序景[1]

ベルリン、一九四五年四月。[2]夜明け。
二人の姉妹が防空壕《ぼうくうごう》から自分たちの住まいに戻ってくる。

姉　私たちが防空壕から出てきたとき
家はまだそのまま焼け残っていて
朝の光よりも、向かい側の火事の炎を受けて明るかった。
まず妹が、それに気がついた。[3]

妹　お姉さん、なぜ入口のドアが開いているのかしら？

姉　火事の風であおられたのでしょ。

妹　お姉さん、埃《ほこり》の中のこの足跡は何なの？

姉　ここを通っていった人のものでしょ。
妹　隅にあるあの包みは何かしら？
姉　何かがなくなるより、何かあったほうがいいわね。
妹　パンの塊があるわ、大きなベーコンも。
姉　怖がるようなものじゃないわ。
妹　お姉さん、誰かここにいたのかしら？
姉　私にわかるわけないでしょ。
　　誰かが私たちに、食べるものを恵んでくれたのよ。
妹　わかったわ。私たちには信じる心が足りなかったの。何たる幸運でしょう！
　　ねえ、お姉さん、兄さんが帰ってきたのよ。
姉　それなら抱き合って、喜ばなくっちゃね。
　　兄さんが戦場から、無事に帰ってきたんだったら。
　　そしてベーコンを切って、パンを食べたのだとしたら。
　　それを私たち家族にも、持ってきてくれたのだったら。
妹　お姉さんのほうがたくさん食べて。工場の勤労動員でこき使われているんだから。

姉 いいえ、あなたこそ食べて。

妹 私にはもっと小さく、薄く切って。

姉 あなたがたくさんとらなくちゃ。

妹 兄さんはどうやってここに来たのかしら。

姉 隊と一緒にでしょ。

1　この『アンティゴネ』は、本書の「解説」で述べるように、ブレヒトが亡命期の最後を過ごしたスイスのクール市立劇場の依頼を受けて書かれ、一九四八年二月のクールでの初演に際しては、「アンティゴネ」素材と上演時の状況とを関連付けるために、この「序景」が冒頭に置かれ、演じられた。しかし戦後、時を経てからの上演では、ことに一九五一年一一月の東独グライツでの上演からは、この後に続いて「付録」として掲載した「(『アンティゴネ』への新しい)プロローグ」が書かれて、そちらが上演されるようになった。

2　これは第二次大戦の末期、ナチス・ドイツによるソ連侵攻と敗北、ソ連軍のドイツ侵攻という時期と重なり、敗色濃くなったドイツ軍はヒトラーの自殺を受けて、五月八日に無条件降伏した。そういう時期のベルリンに重ねた序景である。

3　この「序景」全体は、基本的に姉の語りになっていて、その合間に姉妹の会話がはさまれる形になっている。

妹 今はどこにいるのかしら。

姉 戦闘のあるところでしょうよ。

妹 そうね。

姉 でも戦っている物音は聞こえないわね。

妹 尋ねちゃいけなかったかしら。

姉 あなたを怖がらせたくなかった。

ここに黙って座っていたとき、聞こえてきた。

ドアの向こうから大きな物音が。血も凍りそうになった。

（外から喚き声が聞こえてくる）

妹 お姉さん、誰かが喚いているわ、見に行ってみましょうよ。

姉 やめましょう。見に行くと見られてしまうわ。

だから私たちはドアの外に出て、外で起こっていることなど、

見たりはしなかった。いつもの朝と同じように、

私たちは何も食べず、眼も合わせず、
立ち上がって仕事に出かけようとした。
そしたらあなたが飯盒《はんごう》を持ってきて、
見覚えのある兄さんの包みを抱えていた。
戸棚の前に行ったら、そこに兄さんの荷物があって、
心臓が止まるかと思った。
だって、兄さんの軍服がフックにかかっていたのだから。
ねえ、兄さんは戦争には行かなかった。
逃亡したのよ。
もう戦争には加わっていないわ。

妹　他の人たちはまだ戦っているのに、兄さんは逃げたのね？

姉　だから死刑宣告された。

妹　でもうまく逃げおおせたのね。

姉　そう、小さい穴を見つけたの。

妹　そこからうまく抜け出した。

姉　他の人たちはまだ戦っているのに。

妹　兄さんは逃げた。

姉　私たちは嬉《うれ》しくなって、笑った。

兄さんは戦争からうまく逃げおおせたんだって。

でも私たちはまだそこに立ちつくしたまま。だって

血も凍るような声が聞こえてきたから。

（外から喚き声が聞こえる）

妹　お姉さん、ドアの外で喚いているのは誰？

姉　奴らがまた、好きなようにみんなを苛《いじ》めているのよ。

妹　お姉さん、見に行ってみましょうよ。

姉　中にいましょう。見ようとしたら見られるわ。

しばらくこうやって待っていて、

外で何が起こっているかを見に行くのは、やめましょう。

だって私たちは仕事に行かなきゃならない。
そして私が先に出て、外の様子を見る。
だめ、あなたは外に出ちゃだめ。
兄さんが、家の前にいるわ。
逃げおおせたのではなくって、
ああ、肉屋のフックに吊《つ》り下げられているの。
それでも妹は家の外に出て、
自分で大きな叫び声をあげた。

妹　お姉さん、奴らは兄さんを吊るしてしまった。
だから助けを求めて叫んだのよ。
ナイフをちょうだい、ナイフを。兄さんを吊られたままでなく、
フックから下ろして、遺体を家の中に運んで、
体をさすって生き返らせなくっちゃ。

姉　あんた、ナイフを使うのはおやめなさい。
もう兄さんを生き返らせることなんか、できないわ。

奴らが兄さんと一緒にいる私たちを見つけたら、私たちにも同じことをするわよ。

妹　行かせて、奴らが兄さんを吊るしたとき、私は行ってあげなかったのだもの。

姉　そして彼女が家から出ていこうとしたときナチス親衛隊員が入ってきた。

（ナチス親衛隊員が入ってくる）

ナチス親衛隊員　これは例のあいつだが、お前たちは何者だ？

奴はお前たちの家の戸口から出てきた。察するに、お前たちはつまり、この民族の裏切者を知っているのだな。

姉　隊長さん、私たちを裁きにかけないでください。私たちは、こんな人など知らないのですから。

ナチス親衛隊員　では、このナイフで何をするつもりだったのだ？

姉　そう言われて私は妹を見た。

彼女は死の苦しみを受けても、

兄を助けに行くべきだったろうか。

兄さんは死んではいなかったかもしれないのだから。

〔付録〕[4]

プロローグ（『アンティゴネ』への新しいプロローグ、一九五一年）

舞台にアンティゴネ、クレオン、予言者テイレシアスを演ずる者たちが登場する。テイレシアスを演ずる俳優が二人の間に立って観客席に語りかける。

皆さん。
皆さんにはなじみが薄いかもしれません。
私たちがここで稽古《けいこ》を重ねた格調高いこの劇詩の言葉は
何千年も昔のものです。
かつてのギリシアの観客にはなじみ深いものであったこの素材も
ご存じなかろうと思います。

そこで、まずはこの素材を紹介させて頂きたい。[5]
これがアンティゴネ、オイディプス一族の王女、
こちらがクレオン、テーバイの暴君、この娘の伯父。
私はテイレシアス、予言者です。
この男が遠いアルゴスに略奪戦争をしかけます。
この女はその非人間的な行為に反対し、彼に殺されます。
だが非人間的と今いった彼の戦争は、失敗してしまいます。
かたくなまでに誠を貫いたこの女性は、
屈従させられた国民《くにたみ》の犠牲ともども
その戦争を終わらせてしまうのです。どうか皆さん、

4　これは一九五一年のグライツ上演に際してブレヒトが「序景」とさしかえた「新しいプロローグ」で、原作のドイツ語全集では、作品の最後に「付録」として付けられているが、「序景」に代わり得る同等なものとしてここに収録した。

5　巻末にこの作品全体に関わる訳注付録のような形で、「『アンティゴネ』の背景をなすテーバイ神話」を掲載した。「解説」とともに、双方を参照されたい。

最近、似たような行為が私たちにあったのではないか、
いや、似たような行為はなかったのではないかと、
心の中をじっくりさぐって頂きたい。
それではこれから、私どもや他の俳優たちが
入れ代わり立ち代わりこの小さな演技空間に
お芝居をするために立ち現われるのをご覧頂きましょう。
ここはかつて、暗黒の時代に、野蛮な生け贄《いにえ》の
獣たちの髑髏《どくろ》の下で
人間らしさが雄々《おお》しく立ち上がったところなのです。

三人の演者たちは、舞台裏に下がり、他の演者たちが舞台に姿を現わす。

アンティゴネ

クレオンの王宮の前、明けがた。

アンティゴネ（鉄の壺《つぼ》に砂を集めている）

妹、イスメネよ。オイディプスの幹から生えた小枝のひとつ、
あなたならわかるはず。
あの狂気や苦悩、辱《はずかし》めのいくつもを。
今日まで生きのびてきた私たちへの、大地の父ゼウスの呪いは
まだ足りなかったというのか。
長い戦争で、多くの人とともに、兄のエテオクレスは戦死した。
あの暴君の戦さについていって、まだ若いのに。

そしてもっと若い弟のポリュネイケスは、
兄が馬のひづめに踏みくだかれるのを見て、
泣きながらまだ終わらない戦争を見捨てた。
戦さの神は、正しい者には手をさしのべ、奮いたたせるけれど、
そうでない者には別様にふるまうもの。
ひたすら逃げたポリュネイケスは、やっとディルケーの河の流れを
渡り、ほっとしてテーバイの七つの城門を望んだ。
ところがそのとき、クレオンが
後ろから、誰も彼をも戦場にかりたてるあのクレオンが、
兄の血を浴びたその人を捕え、切り刻んでしまったのです。
滅びゆくオイディプス一族の身に、
この上、どんなことがふりかかろうとしているか、
お前は何か聞きましたか?

イスメネ　私は広場には行かなかったの、アンティゴネ。
親しかった人たちでさえ、もう誰も言葉なんぞかけてくれはしない。

やさしい言葉どころか、哀しい言葉だって。
だからこれ以上、嬉しくなりようも哀しくなりようもないわ。

アンティゴネ　じゃあ、私の言うことをお聞き。
聞いてあなたの心臓が止まってしまうか、それとも不幸の中で
一層はげしくうちはじめるか、それを私に見せておくれ。

イスメネ　砂を集めているあなたは、
言葉も真っ赤に染めて、私を挑発なさるのね。

アンティゴネ　その真っ赤な言葉を受けとるのです。
私たちの兄は二人とも、鉱《あらがね》欲しさにクレオンが、
遠いアルゴスにしかけた戦争にひきずり出されて殺された。
なのに、二人を同じように
土でおおって埋葬してはならぬという。
戦さを恐れなかったエテオクレスは、
しきたり通り、花で飾って弔ってもいいが、
みじめに死んだもう一人、ポリュネイケスの亡骸《なきがら》は、

墓に埋めてもならぬ、その死を
悼んでもならないという御触れ（御布令）が今、町に出たそうです。
嘆く者もなく、墓もなく、その亡骸を
禿鷹《はげたか》のごちそうにせよと。
しかもこれに逆らった者は、石打ちの刑で殺す、という。
さあ、聞かせておくれ、お前ならどうします。

イスメネ　まあ、お姉さまは、私を試すの？

アンティゴネ　そう、手を貸してくれるかどうかね。

イスメネ　どんな恐ろしいことを？

アンティゴネ　亡骸を埋めるのです。

イスメネ　国中の人が見放したあのひとを？

アンティゴネ　国中の人が見捨てたあのひとを。

イスメネ　謀叛人《むほんにん》だったあのひとを！

アンティゴネ　そう、私の兄を、そして又あなたの兄でもあるあのひとを。

イスメネ　お姉さま、掟《おきて》を破ったかどでつかまってしまうわ。

アンティゴネ　でも、誡を破ったかどで、
　つかまるのではない。
イスメネ　呪われたお方、オイディプス一族の者を
　みんなあの世に送ろうと
　取り憑かれてらっしゃる。
　すんだことは放っておきましょう！
アンティゴネ　あなたは私より若いから、恐ろしさというものが
　まだわかっていないの。すんだことでも放っておいたら
　すんだことにはならないのよ。
イスメネ　でも考えて。私たちは女なんです、
　だから男の人たちにそんなに刃向《はむ》かってはいけない。
　強くもないし、だから今度のことも、いえ、
　もっと辛《つら》いことでも、従わなくちゃ。
　だから私は、この大地におさえられている、
　地の霊に許しを乞うのです、

暴力におさえつけられている私は、
その圧制者に従って生きるしかありませんと。
甲斐《かい》なきことをするのは愚かなことです。

アンティゴネ　もう頼みません。お前は、誰でも命令する者に
従うがいい、命令される通りに動くといい。
でも私はしきたりに従って、兄さんを埋葬します。
たとえそのために死んだとて、それが何でしょう。
私は心安らかに、静かに安らう人々のそばに横たわる
ことになる、尊い務めを終えていくのですから。
この世でよりも可愛《かわい》がってもらえましょう。
あの世では時間もたくさんあるし。
私はあの世で永遠に生きるのです。
でもお前は恥辱にまみれて、生き長らえるがいい。

イスメネ　アンティゴネ、ひどい人、
辱めに耐えるのは辛いことです。でも、

涙の塩にも限りはある、とめどなく
流れ出るものではありません。斧《おの》の鋭さは
甘く人生を終わらせてくれるでしょうけれど、
生き残った者には、苦しみの血管を切りひらくのです。
悲しみと嘆きの中で、安らうことも許されない。
でも、泣き叫びながらも、頭の上には鳥の羽音が聞こえ、
涙のベールを通して、懐かしい故郷の楡《にれ》の木や、
家々の屋根が見えてくるのです。

アンティゴネ　憎らしいわね。
お前の嘆きを次々と掻き消してしまう
穴だらけの前掛けなんぞを臆面なく持ち出したりして。
むきだしの石の上には、あなたの肉の一部である兄さんの亡骸《なきがら》が、
空とぶ猛鳥どもの餌食《えじき》となってさらされているというのに。
それもう、あなたにとってはすんだことだというのね。

イスメネ　ただ、

私には大それたことができるほどの力はないし、不器用だし。それにあなたのことが心配なのです。

アンティゴネ　よけいなお世話よ！　お前は自分の生命《いのち》と仲よくなさい！　でも私には最低の義務を果たさせて。どんな辱めにあおうとも、私の名誉は守らせて。私はいつも、お前ほど感じ易《やす》くはない、だから醜い死にも耐えられると思うの。

イスメネ　じゃあ、砂をもってお行きなさいな。だって正気じゃないんだもの。でも愛する兄さんを思ってのこと。

アンティゴネ、壺をもって去る。イスメネは館の中に戻る。

長老たち登場。

長老たち

【コロスの入場歌[6]】

戦さの獲物は大きいぞ、
おお戦車の国テーバイよ、
戦い終わった我々は、
一切を忘れ、歓《よろこ》びにひたろうぞ！
すべての社《やしろ》へいざ集い、
夜を徹して歌おうぞ！
さあテーバイよ、月桂樹を腰に巻き、
裸身《はだかみ》を震わせて、
バッカス[7]の舞いに狂いに狂え！

だが勝利をもたらしたあの男、
メノイケウスの子、クレオンは、
戦利品と、戦士の最終帰還を告げるためか、

急いで戦場から駆け戻り、
長老たちを招集し、ここで会議を開く。

館からクレオン王が登場。

クレオン 諸君、以下のことを国中の者に告げよ。
アルゴスはすでにない、決着はみごとについた。
彼ら十一の軍団の隊列から逃げおおせた者は、
ごく、ごくわずかだ。
しかるにテーバイはどうか。
テーバイよ、お前はすぐにも二重の幸福にひたれよう、

---

6 テーバイ王国の長老たちによるコロス（合唱団）は、この入場歌に始まって第一から第五のコロス（合唱）をはさんで、最後の退場歌で終わる。

7 バッカス別名ディオニソスは、本来小アジアやテーバイでは守護神で平和の神、ぶどう酒の神で肉体の快楽の神であった。

お前は不幸にくじけない、くじけるのは不幸のほうだ。
血に飢えたその槍《やり》は最初の盃《さかずき》で渇きをいやし、
次から次へと杯を重ねた。
テーバイよ、お前はアルゴスの民を
荒れ果てた地に投げ倒した。
お前をあざけった奴らは、今、
国もなく、墓もなく、荒野に横たわっている、
かつて町であったところを見やれば、
眼を光らせた犬どもが見える。
たくましい禿鷹どもがそこへ飛んでいく、
屍《しかばね》から屍へと飛び歩き、
あまりにおびただしい御馳走に、
飛び立つこともできないほどだ。

長老たち　王様、あなたは途方もない光景をすばらしく描いてお見せになる。
それにもう一枚の絵をうまく添えられましたら、

後の世までも賞め讃《ほたた》えられることになりましょうぞ。
さあお描き下さい、私たちの戦利品を山と積み、
兵隊たちを満載した戦車が、通りを凱旋して来る絵を！

クレオン　すぐだ、我が友よ、それももうすぐだ。
さて、仕事にかかろう。
諸君はまだ、わしが神の館に剣を戻すのを見ていない。
つまりここに集まってもらったのには、二つの理由がある。
そのひとつ、諸君は、戦さの神に支払う、敵を踏みつぶす
戦車の代金の収支をないがしろにし、
戦場で捧げる息子たちの血も、出し惜しんでおる。
だが、もし戦さの神が弱りはて、敗《ま》けて
ぬくぬくした屋根の下に帰ってきたりしたら、
その代償は大変高くつくことになる。
だからテーバイの民に、
失ったテーバイの血は尋常ならざるものではないことを、

即刻知らせてほしい。
それにもうひとつ。テーバイの民はいつも余りに寛大すぎる。
救われたとなると、
あえいで帰った兵たちの汗をすぐさまぬぐおうとする。
その汗が、怒りとともに戦った汗か、
臆病者の逃げ帰る埃にまみれた汗かを見極めもせずに。
だからわしは、諸君も認めてくれようが、
国のために死んだエテオクレスは
花で飾った墓に葬ってやるが、
あの卑怯者《ひきょうもの》のポリュネイケスは、
わしにも、エテオクレスにも身内なのだが、
アルゴスに味方したゆえに、アルゴス人同様、
弔わずに捨てておく。
奴はアルゴス同様、わしにとっても
テーバイにとっても敵だったのだ。

だから、何人《なんぴと》たりとも、彼が弔われずに
打ち捨てられているからといって、嘆くことは許さぬ。
禿鷹や犬どもの餌食にして、みせしめにするのだ。
己の生命を祖国よりも大事にする者なぞに、用はない。
だが我が祖国をうやまう者には、
生死の別なく、つねにわしの尊敬を授けようぞ。
このことを承認してもらいたい。

長老たち　承認いたします。

クレオン　ではその通り取りはからってくれ。

長老たち　そのような仕事には、若い者をおつけ下さい。

クレオン　いやそのことではない、死体にはもう見張りを出してある。

長老たち　では、私らには生きている者の見張りをせよと？

クレオン　そうだ、この御触れが気にくわぬ者もおるからな。

長老たち　自ら死にたがるような愚か者は、この国にはおりますまい。

クレオン　公然とはおるまい、だが時には、首が落ちるまで、ひたすら、首を横にふりつづける奴もいるものだ。
だからこそ、こういうこともせねばならぬ、
残念ながら、それ以上のことも必要だ、
この国を粛清しなければ……

番兵が登場。

番兵　王様！
総統殿[8]、息もつがんで大急ぎのお報《しら》せを、
もって参りましたです。
なぜもっと早く来れんのかなどとおっしゃいますな。
足が頭を追い抜いたり、頭が足を引っぱったり、
いや、もう、いくら遠かろうと、
暑い陽《ひ》ざしの中、息を切らして、いくら走らにゃならなかろうと、
とにかくひた走りに、走ってきたんであります。

クレオン　なぜそう息せききっている、いや、
　何をそうためらっておる？

番兵　隠し立てなんかしておりません、自分の仕業《しわざ》じゃないんでありますから、
　何で、隠したりなんぞいたしましょうか？
　それに知らんのです。誰があなた様に叛いてそんなことをしたのか、
　私は全然知らないんでありますから。
　でありますが、そんな何も知らない者にも、
　きびしいお裁きがでるのではと、意気も阻喪する次第。

クレオン　用心しているようだな、自分の仕業じゃないことを
　大急ぎで報告して、そのりっぱな早足に、
　花輪でももらおうという算段か！

番兵　王様、

8　支配者のクレオン王に対して、ブレヒトはここでわざと、ヒトラーに付けられた「総統《フューラー》」という称号を使っている。

あなた様は私ら番兵に、どえらい仕事をおおせつけになりました。
ですが、どえらい仕事ってえのは、どえらく骨も折れるもので。

クレオン それならさっさと用件だけ言って立ち去れ。

番兵 では、申し上げます、何ものかがたった今、
あの死体を埋めて立ち去ったのであります。
禿鷹に狙われぬように、死体の上に砂をかけて。

クレオン 今何を言った? 誰だ、そんな大それたことができたのは?

番兵 全くわからんのであります。鋤《すき》のあともなければ、
鍬《くわ》のあともない、地面はまっ平《たいら》で、
わだちの跡もない、下手人の痕跡は
まるでなし。墓標もない。
ただうっすらと砂がかかっている。御触れをはばかって、
たくさんの砂はもってこられなかったようで。
獣の足跡もないのであります。
死体を食いちぎりにきた犬の足跡さえも。

夜があけてことを知った時、
みんなぞっとしちまいました、
おまけに、それをお報せするくじを、
私めがひきあてたという次第、総統どの、
いやな報せのお使いは、誰にもいやな役回り。

長老たち ああ、メノイケウスの子、クレオン王よ、
これはこの世の者ならぬ者の仕業ではありますまいか。

クレオン 黙れ、これ以上わしを怒らせるな。
あの世の霊が、神殿や生け贄を冷酷にも
辱めた、あの臆病者を
慈しむとでもいうのか！　そうではない、
この国に、わしに悪意をもって不平を言う輩《やから》がおるのだ。
そいつらは軛《くびき》の下でもわしにちゃんと
頭を垂れんのだ、わしにはよーくわかっておる、
そいつらが、賄賂《わいろ》を使ってこういうことをやらせたのだ。

およそ刻印を押したものの中で、銀ほど始末におえんものはない。
こいつが国中のものをたぶらかし、
男どもを家からおびきだして、罪深い行為に走らせるのだ。
だが、よいか、お前がその下手人を
わしのところにひきずってこなかったら、
生きたまま板にはりつけて、
引き渡さなかったら、お前は縛り首だ。
首に縄をつけたまま、あの世に送りこんでやる。
そうすればあの世で、金《かね》の儲《もう》け方がわかろうというものだ。死体にからみ
略奪物を分けあったところで、何の得にもならなかったってことがな。

番兵　王様、私らごときものには、おっかないものばかりで、
あなた様がほのめかされたあの世に通じる道なんぞ、
私らにはあり余るぐらいでして。
今は、あなた様に口答えしてお怒りにふれるぐらいなら、
金を受けとったとしたほうが、まだ恐ろしさは少ないんでありますが、

それでも全く恐ろしくないってわけじゃありませんのでありまして。
もし受けとったとお思いなら、
私めの財布を何回でもひっくり返してお見せします。
でも一番恐いのは、犯人さがしの中で、縛り首の麻紐のようなものでも
見つかったらということ、
お偉い方の手にかかったら、私らには、
銀よりもその手の紐のほうがずっと意味がありますからね。
どうか、わかっていただければ――。
クレオン　わしに謎をかけるのか、見えすいたやつめ！
番兵　どえらい死人がどえらいお友だちでも見つけられたんでがしょう。
クレオン　偉すぎて届かなければ、そいつの脛《すね》にでもくらいつくのだ！
わかっておる、不満な輩はお前たちのところにも、
わしらのところにもいるからな、
そういう奴らが、わしの勝利に喜びふるえているようにみせかけて、
実は不安にふるえながら、月桂樹の冠を

かぶせにくるのだ、そいつらを見つけだしてやる。

館に去る。

番兵　何て腐ったところだ、
エライさん同士がとっくみあいの喧嘩《けんか》だ！
で、おいらは、どうやら、無事のようだな、こいつは驚き！

（去る）

長老たち
【人間の不可思議さを歌う第一のコロス】
世にすさまじきもの多かれど
げにすさまじきは人間か
冬に逆らい南風《みなみ》吹けば、

うなりをあげて走る帆船《ほぶね》で、
海の闇にも漕ぎ出《い》でる。
天の恵みの大地をば、
不老不滅の大地をば、
来る年来る年あきもせず、
うまずたゆまず馬追いたてて、
鋤《す》きかえし掘りかえす。
空飛ぶ鳥やけだものを、
罠《わな》にかけたり、狩りたてたり、
潮におどる魚なら、
たくみに編んだ網でとる。
さかしきかな、男たちよ、
山をさすらう野獣なら、
知恵と技とで絞めあげる、
たてがみあらき暴れ馬、

野をかけめぐる野牛など、
くびきでうなじ絞めあげる。
さらには言葉も学びとる、
風のようなる自由な思想、
国を治める法律も、
いやな風ふくこの丘の、
湿気や矢の雨、避ける知恵、
だがすべてを学べど何も学ばず、
とどまるところを知らぬその欲望、
いたるところに知恵ひらくが、
その知も結局役立たず。
そのいとなみの限りなき、
だがただひとつ限りあり、
その限りとは敵なくば、
おのれの身をも敵にする。

野牛のうなじまげたよう、
仲間のうなじもねじまげる、
仲間もまけずに反撃し、
相手のはらわた抉《えぐ》り出す。
ぬきんでようと他人をふみつけ、
一人では胃袋さえも満たせぬに、
己《おのれ》の財産には囲いをつける。
その壁をとっぱらえ！
屋根を雨にむかって開けるのだ！
人間は、人間らしさを全くちっとも大事にしない。
かくして人間は、我と我が身をすさまじくする。

だがこれは、神の試練ではなかろうか、
あの娘と知りながら、そうではないと言えという。
アンティゴネ、不幸な娘、不幸な父オイディプスの

不幸な娘よ。どんな力がお前を引ったてていくのか、
国の掟に逆らったお前を、一体どこへ引ったてていくのか？

番兵、アンティゴネを引きたてて登場。

番兵　こいつです。
こいつがやったんでがす。
墓を作ってるところを、私らがつかまえたんで。
でも、クレオン様はどちらに？
長老たち　ほら、ちょうど館から出ておいでだ。

クレオン、館から登場。

クレオン　何だってこの女をつれてきたのだ。どこでひっとらえたのだ。
番兵　こいつが墓を作ってたんであります。それでお分かりでしょう。

クレオン　今度ははっきりものを言いおる。
だが、お前はそれを自分で見たのか。

番兵　見ましたとも、御禁制の場所でこの女が墓を作っているのを。
運がよけりゃ、すぐにはっきりするもんでさ。

クレオン　報告しろ。

番兵　ことの次第はこうであります。
あなた様にたんまり脅かされて帰りましてから、
私らは死体の上の砂をはらいのけ、荒野にそいつをさらし、
風をよけて高い丘の上に腰をおろしたのであります。
何しろ死体からものすごい臭いがしますんで、はい。
私らは、眠りそうになったら、お互いに
ひじで横っ腹をつつきあおうと約束しました。
と、その時です。私らは、はっと大きく眼を見張りました。
にわかに地の底から、生暖かい風が霧をまきあげ、
竜巻になって谷中を走りぬけ、

森の木の葉をふきちぎり、
あたり一面は木の葉でみちて、
眼もあけていられぬほど。
まさにその時、その瞬間、眼をこすってこじあけ見渡しますと、
いたのであります。この女が。突っ立っていたんであります。
死体がむきだしにされているのを見て、
巣に雛《ひな》がおらんのに気づいて鳴きわめく親鳥のように、
激しく泣きはじめるんであります。
それから又、砂を集めて、鉄の壺から三度、死体にふりかける。
それっと襲いかかってとりおさえましたが、
この女、ちっともうろたえる様子がない。
この私めが、今度のことや、前の仕業のことを問いつめますと、
何ひとつ打ち消さないどころか、
おだやかな、哀しげな様子で、
私の前に突っ立っていたんであります。

クレオン　お前は自分のしたことを認めるのか、それとも否定するのか？
アンティゴネ　私がしたことを認めます、否定はしません。
クレオン　ではもうひとつ答えろ、だが手短かにだ。他ならぬこの死人に関して、国中にでている御触れを、お前は知っておるか？
アンティゴネ　知っていました。知らないはずがない。はっきりした御触れでしたから。
クレオン　では承知の上で、わしの掟を破ったのだな？
アンティゴネ　あなたの掟は、死すべき人間の作った掟、さすれば死すべき人間が破ってもよい掟。
私はあなたよりちょっとだけ冥土に近い。
でも、たとえ寿命より早く死のうとも、そうなるはずだけど、
そのほうが得とさえ申せましょう。
私のように生きて災い多い人間は、
死んだら少しはましなのではないかしら？
それに、同じ母から生まれた兄弟の亡骸《なきがら》が、

墓もなく、野ざらしにされていたら、私にはとても耐えられない。
でも、もう私には、何の憂いもないのです。あなたには愚かに見えようとも、
埋められもせず、
食いちぎられた亡骸なぞ見たくないとおっしゃる神々を、私は恐れます。
あなたを恐れることはない。
さあ、この地上の愚か者よ、私を裁くなら裁くがいい。

長老たち　烈《はげ》しい父オイディプスの性《さが》を、この娘もそのままうけついでおる。
不幸な運命の中で自分から折れるという術《すべ》を、学ばなかったのだ。

クレオン　いいや、どんなにかたい鋼《はがね》でも、
どんなにしぶとい頑固さでも、
火に焼かれればくずれるものだ、
毎日見ておることではないか。
だが、こやつは定められた掟を踏みにじることを喜びにしておる。
無礼なのはそれだけではない。
こやつは、自分のしたことを得意がり、ざまあみろと笑いとばしておる。

罪をおかしてつかまったくせに、
それを立派だなどとぬかす、わしはそれが憎いのだ。
こやつは血縁のわしを侮辱しおった、だが
わしは血縁だからこそ、すぐには罰せぬつもりだ。
だから、お前に聞こう。お前は、ひそかに、人知れずやったのだが、
ことは明るみにでてしまった。だから後悔していると一言言って、
重い罪科《つみとが》をのがれるつもりはないか？

アンティゴネは黙っている。

クレオン　さあ、言え、どうして意地をはるのだ。
アンティゴネ　あなたに、お手本を示すためです。
クレオン　つまりそれは、お前がわしの意のままだというお手本だな。
アンティゴネ　私をとらえたとて、殺す以上のことができますか？
クレオン　いやそれだけだ、だがそれはできる、それで十分だ。

アンティゴネ　じゃあ、何を待っているのです。あなたの言葉は、
　どれひとつとして私の心には響かない。これからだってそうです。
　だからどのみちこの私もあなたには許しがたい存在。
　他の人たちには、私のしたことが気に入ってもらえようけれど。
クレオン　お前と同じ考えのものが、他にもいると思っておるのか。
アンティゴネ　この人たちも同じ考えです。だからやはりうろたえているのです。
クレオン　聞いてもみないで、勝手な解釈をして、恥ずかしいとは思わぬか。
アンティゴネ　でも、同じ血を分けた者をうやまうのは、人の道でしょう。
クレオン　同じ血を分けたものならもう一人、
　祖国のために身を捧げた者もおるぞ。
アンティゴネ　そう血を分けた、同じ一族の兄弟同士。
クレオン　お前には、自分の生命を惜しんだ男も、もう一人の男と同じなのか？
アンティゴネ　その人は、あなたの下僕《しもべ》ではなかっただけのこと。
　それに何よりも、私にとっては兄なのです。
クレオン　なるほど、お前にとっては、不敬の徒も愛国の士も、同じなのか。

アンティゴネ　祖国のために死ぬのと、あなたのために死ぬのとは、違うのでは？

クレオン　じゃあ、いまやっているのは、戦争ではないのか？

アンティゴネ　いいえ、戦争です。あなたの戦争です。

クレオン　それが国のためではないのか？

アンティゴネ　他の国を手に入れるため。あなたは自分の国で
私の兄たちを支配するだけでは満足しなかった。
木立の下で不安なく暮らせば、テーバイは心地よい国。
なのにあなたは、遠いアルゴスまで、兄たちを引っぱっていかねば、
気がすまなかった、そこでも兄たちを意のままにしようとした。
そして、一人の兄を平和なアルゴスの民の虐殺者にし、
それに驚いたもう一人の兄を、
他の兵士への見せしめに八つ裂きにして、
死体を野ざらしにしてしまった。

クレオン　いいか、お前たち、何も言うな、命が惜しければ、
この女に同調してはならんぞ。

アンティゴネ でも私は、あなた方に訴えます。苦境にいる私を助けてください。それがあなた方のためでもあるのです。権力を追い求める者は、渇《かつ》えて塩水を飲むのと同じ、やめられないのです。

クレオン ますます飲みつづけずにはいられない。昨日は兄、今日は私。

クレオン 聞こうじゃないか、誰がこの女に手を貸すんだ。

アンティゴネ （長老たちが黙っているので）自分をおさえて、牡蠣《かき》みたいに黙りこんでいるのね。それが報われればいいけれど！

クレオン とうとう本音を吐きおった。この女、テーバイの国を分裂させようとしてやがる。

アンティゴネ 統一を叫ぶあなた自身が、争いを糧に生きている。

クレオン そうだ、わしはまず何より、この国で戦う。アルゴスでの戦いは二の次だ。

アンティゴネ なるほど、そうでしょうね。よその国に暴力をふるうときは、自分の国にも暴力をふるわねばならないもの。

クレオン どうやらわしを、このお方は禿鷹の餌食にしたいらしい。

だがそれにしても、テーバイが分裂して
異国の支配の餌食になっても
かまわぬというのか？

アンティゴネ　あなたたち支配者というものは、いつも脅しをかけるもの。
国が分裂すれば滅びるぞ、見知らぬ他人の餌食になるぞと。
すると私らは頭を垂れて、あなた方に生け贄を引きずっていく。
おかげで祖国は弱りはてる。他人の餌食になってしまう。

クレオン　わしがこの国を、他国の餌食に投げだしているとでもいうのか。

アンティゴネ　あなたに頭を垂れることですでに、他人の餌食になっているのです。
頭を垂れた人間には、我が身に降りかかるものは見えはしない。
見えるのは大地だけ、そして、ああ、その大地に呑《の》みこまれてしまうばかり。

クレオン　大地を、この故郷を侮辱するのか。見下げ果てた奴め！

アンティゴネ　違います。大地は憂いのもと。故郷とは、大地だけではない。
家だけでもない。ただ汗水を流した場所、
なすすべもなく燃えるに

まかせる家、
頭を垂れるだけの場所、
そんなところを故郷とは呼べない。

クレオン　はっきりとそう言うのだな。故郷を守る気はないのだな。
それならこの故郷は、もはやお前を認めはしない。
面汚《つらよご》しのごみであるお前は見捨てられるのだ。

アンティゴネ　誰が見捨てるというのです？　そういう人も、
あなたが支配者になってから、減る一方。これからますます減るでしょう。
どうして一人で帰ってきたのです、行く時は大勢連れていったのに。

クレオン　出しゃばったことを申すでない。

アンティゴネ　男の人、若い人たちはどこにいます。
もう帰って来ないのではないですか。

クレオン　たわけたことを言うな。彼らを残してきたのは、
最後の一撃で戦さに決着をつけるため。誰もが知っておることだ。

アンティゴネ　あなたのために、最後の残虐行為をおかして、

恐怖におとしいれるためにね。
とどのつまりは誰の子か見分けもつかぬほど引きちぎられて、
獣のように殺されるというのに。
クレオン　死者を冒瀆《ぼうとく》する気か？
アンティゴネ　ばかばかしい！　話をする気にもならない。
長老たち　不幸な女だ。彼女の言葉を、いちいちまともにお聞きなさるな。
クレオン　いつわしが、勝利のために犠牲者を隠蔽《いんぺい》したというのだ。
長老たち　怒り狂った娘よ。自分の悲しみにこだわって、
テーバイのすばらしい勝利まで、忘れてしまわぬがいい。
クレオン　こやつは、テーバイの国民がアルゴスの家に
住むのに反対なのだ。そのくらいなら、
テーバイが踏みにじられ、敗北したほうがいいというのだ。
アンティゴネ　あなたと敵の家に住むよりも、自分の国の廃墟に
座っていたほうがまし。そのほうが安全。
クレオン　とうとう白状しおったな、お前らも聞いたろう。

この無法者は、どんな掟でも破るのだ。
二度と帰ってくるなと言われて、これ以上長居は無用と、
厚かましくも使ったベッドを壊し、
その革紐で荷物をまとめる、そんな居候《いそうろう》のような奴だ。
アンティゴネ　でも私がまとめたのは自分の物だけ、
それすら、こっそり盗まなくてはならなかった。
クレオン　お前はいつも、自分の鼻先しか見ていないのだ、
神の秩序である、国家の秩序はないがしろにして。
アンティゴネ　神の秩序かもしれない。でも私はそれが、
人間らしい秩序であってほしかった。メノイケウスの子、クレオン王よ。
クレオン　もういい、下がれ！　お前はこの世でもあの世でも、敵なのだ。
あの世でものけ者の、切り刻まれたあの男同様に、忘れ去られるがいい。
アンティゴネ　誰にわかりましょう、あの世の習慣は、
ここと違っているかもしれない。
クレオン　いいや、敵は死んでも決して味方にはならぬのだ。

アンティゴネ　いいえ、なるのです。私の存在は愛のため、憎しみのためではない。

クレオン　じゃあ、あの世へいけ、愛したいなら、あの世で愛せ。

この世にはお前のようなものは、長く生かしてはおけん。

イスメネ登場。

長老たち　今度はイスメネが館からやってくる、

平和を愛するやさしい娘、だが苦悩にやつれた顔を涙でぬらして。

クレオン　ああ！　お前もか！　お前もこの館にいたのだな！

わしは二匹の怪物を、姉妹の蛇を養い育ててきたわけだ。

さあ、ここにきて白状しろ。

お前も墓を作るのを手伝ったと。

それともお前には罪はないというのか？

イスメネ　私も手を下しました、お姉さまも認めてくれるはず。

私も共犯者です、共に罪を背負います。

アンティゴネ 妹よ、そんなことは許しません。
彼女はことを望まず、私もその手は借りなかった。

クレオン 話は二人でつけるんだな！
わしはつまらぬことに、つまらぬ口出しはせぬ。

イスメネ 私はお姉さまの不幸を恥じてはおりません。
だから私を道連れにしてくれるよう、お姉さまに頼むのです。

アンティゴネ 常に変わらぬ志を貫いて死んだ人たちの名にかけて言うのです。
私は口先だけの愛はきらいです。

イスメネ お姉さま、誰もが大それたことができるほど強くはない。
けれど、そんな女でも、死ぬことぐらいはできましょう。

アンティゴネ わけもないのに死ぬことはない。
手も汚さないで、自分のことにしないで！　死ぬのは私だけでたくさん。

イスメネ お姉さまは厳しすぎます。私は、あなたを愛しているのです。
お姉さまがいなくなったら、私は何を愛したらいいの。

アンティゴネ クレオンを愛したらいい。この男のために残りなさい。

私はあなた方とはお別れです。

イスメネ　私をからかうのが、お姉さまには楽しいのね。

アンティゴネ　それはおそらく苦しみでもある、自分で苦しみのグラスを満たしたがっているのかもしれない。

イスメネ　私の言ったことも、その苦しみの中に入るのね。

アンティゴネ　でも嬉しかったわ。だけどね、私はもう決めたのです。

イスメネ　私があの時に従わなかったから、今、相手にしてくれないのね、そうね。

アンティゴネ　勇気をお出しなさい、生きるのです。私の魂はもう死んでいるの、だから、死んだ人にだけお仕えするの、わかって。

クレオン　聞いたか？　この女ども、一人はとっくの昔から馬鹿だが、もう一人も今、馬鹿になるという。

イスメネ　私は、この人なしでは生きていけないのです。

クレオン　こいつのことは、もう終わったのだ。死んだも同然だ。

イスメネ　でも、あなたの息子さんの許婚《いいなずけ》[9]でもあるのですよ。その人を殺すのですか？

クレオン　耕す畠《はたけ》はいくらでもあるさ。
さあ、死を迎える準備をしろ。死刑の時刻を教えてやろうか。
テーバイがバッカスの舞いを舞い、酔いしれて、わしのところにくる時だ。
この女どもをつれていけ。

番兵がアンティゴネとイスメネを館の中へつれていく。
クレオンは護衛の者に剣をわたすように命じる。

長老の一人　（剣を受けとりながら）勝利の舞いに加わられても
やたらと緑の大地は蹴飛ばしなさるな、
だが、あなたを怒らせた奴らには、
あなたの力を見せつけてやりましょう。
別の長老　（バッカスの杖をクレオンに渡しながら）
しかし姿が見えなくなるほど、

深くまでは、投げ落としなさいますな、
地の底まで投げ落とされると、裸のまま、
心安らかに、横たわることになるでしょう。
恥などすっかり忘れてしまいます、
ひどく突き落とされた者は驚愕して立ち上がり、
恐ろしい姿であなたに反抗しましょう。
人間であることを奪われた者は、かつての姿を思いだし、
新しい人間として、又、立ちあがってくるものです。

長老たち

【余りに厳しい独裁者クレオンを諫《いさ》める第二のコロス】
燃えつきた家の中に、ラケミスの兄弟たち[11]はじっと耐えて

9 アンティゴネはクレオンの息子ハイモンと婚約している。
10 バッカスの杖には、バッカス祭の舞いのための仮面が付いている。
11 ラケミスの兄弟たちというのはギリシア古代神話に見当たらないので、原書の注でもブレヒトの創作ではないかと書かれている。

座っていた、身はかびにおおわれコケを生命の糧として。
冬になると冷たい氷雨がふりそそぐ、
その妻たちは、夜は敵の手の中にゆだねられ、
高貴な衣裳をまとったままで、こっそり昼の間だけあらわれた。
彼らの頭上には、常に断崖が重くのしかかっていた。
だが、ペレアス[12]がやってきて、杖で彼らを払った時、
ほんの軽くさわっただけなのに、
二人は立ち上がって
敵をすべてたたきのめしてしまったのだ。

二人には苦しめられたことが一番許せないことだったからだ。
不幸のしめくくりは、しばしば、
ごくささいなことでけりがついてしまう。
うちのめされた者が、時なき世界に横たわるような、
苦痛に満ちた暗黒の眠りにも終わりがあるもの。

時には早く、時には遅く、月は満ち、欠けていく、
その間にも災いの種は育っていき、
ついにオイディプス家の星の巡りが
その一族の最後の者に
災いの光を向けたのだが。

偉大なものは自ら滅びることはない、だが
多くのものを巻き添えにするもの、
海を渡るトラキア[13]の荒ぶる風のもと、
ポントゥスの海の闇が小屋を吹きとばすように。
ざわめく暗い岸辺を、小屋はもんどりうってころげまわる、

12 ペレアスまたはペリアスは、ギリシア神話の英雄でイオルコスの王となり、イアソンに命じて黒海東端のコルキスの「金毛羊皮」を奪いに行くアルゴー船を派遣した。ピンダロスの詩篇に出てきて、「メデイア伝説」の発端となる。

13 トラキアは古代ギリシアではバルカン半島の東半分をさしていた。

そして岸辺も呻きをあげて
どよめきわたるのだ。

あなたの末の息子、ハイモン殿がみえられました。
許婚のアンティゴネが死刑だと聞いて、嘆いておられる。
間近だった婚礼もだめになり、
ひどい窶《やつ》れようだ。

ハイモン登場。

クレオン　噂を聞いてきたのだな、せがれよ。
お前が、支配者たるわしのところに来たのでなく、
あの女のために父たるわしのところに来たのなら、無駄というものだ。
多くの者の血の犠牲のおかげでうまくいっていた戦争から帰ってみると、
ただ一人、わしに逆らう女がいた。

我が一族の勝利にけちをつけ、
ひたすら自分のことしか考えぬ、
しかもよからぬことをたくらんでおる。

ハイモン それでもあえて、その件で私はやって来ました。
父上、あなたが生んだ息子からの言葉を、
どうか悪意におとりくださいませぬよう、
たとえそれが支配者たるあなたに、
悪い噂を伝えるものであっても。

クレオン 恥知らずの子供をもったら、
我が身には災難、敵には物笑いの種。
辛《から》いものを食べたら口がただれるぞ。
口をただれさせようとでも思っているのか？

ハイモン あなたは多くの者を治めるお方、
もしあなたが、いつも喜んで人の言うことをお聞きになれば、
無駄な苦労はしないですみます。

舵《かじ》をとるのをやめた船乗りのように
帆をたたんで、潮の流れにまかせて下さい！
あなたの名は、国民に恐れられております。
それ故《ゆえ》、たとえ大変なことがおこっても、
あなたのお耳に入るのは、せいぜい小さなことばかり。
でも血縁というのはありがたいもの、損得なんぞ考えないからです。
多少の罪も見逃してもらえる。一時は腹を立ててもそのうち和んでしまう。
だから往々にして、血筋のものから真実を聞くことができるのです。
言うまでもなく、兄のメガレウス[14]はそれをあなたに言うことはできない、
アルゴスで戦っていて、まだ帰ってきてはいないのですから。
しかも、彼は恐れを知らぬ人。
だから、私が申し上げなくてはならない。
聞いてください、口には出しませんが、国中には不満がみちみちています。

クレオン　お前こそ、聞くがいい、
身内の乱れは、敵を養うにひとしい。

ふらふら腰で、身のほど知らず、
自分というものを持たぬ者、
あるいはてんでんばらばらに、
税が重いとか、兵役がいやだとか不平をもらす輩、
そんな奴らはわしがひっとらえて、槍で引き裂いてやる。
だが、支配者一族のどこかにすきができて、
支配が乱れ、よろめき、ぐらつきだしたら最後、
小さな石も大きくなって、
ついにはわが身を捨てたこの家全体を、押しつぶすのだ。
さあ、言ってみろ。わしが生んで、わが軍が誇る槍隊の隊長にしてやった、
そのわが息子の言うことなら、聞こうじゃないか。

14 クレオンとエウリュディケの息子で、神話による系図ではメノイケウスとなっていることが多いが、クレオンの父と同じ名前なので、紛らわしさを避けるためにブレヒトはメガレウスとしている。また神話では軍神アレスに身を捧げたともされる。

ハイモン　何事にも、それなりの真実はあるものです。
でも舌は、偽りのないかたい鉄敷《かなしき》でかたく鍛えよ、と言うではないですか。
あの女《ひと》は、兄の亡骸をむごたらしい犬どもの餌食に
したくなかったのです。
だから国中の者も、あの男の罪は責めても、
その点に関しては彼女の味方なのです。
クレオン　そんな言い方をしても、わしは動じんぞ。それこそ弱気というものだ。
腐ったものは切り捨てるだけでなく、町なかにさらさなくてはならん。
他の腐った者どもが、腐った者は切り捨てられるということを
忘れぬようにな。
わしの手は確実だということを、見せてやるのだ。
だが事情にうといお前は、何も知らずに忠告しおる。
不安にかられてまわりを見まわし、
他人の考えを聞いて、そいつらの言う通りに。
もし統治者が、ちっぽけな臆病な耳しかもたなかったら、

たくさんの国民《くにたみ》どもをひとつにまとめあげて、むつかしい仕事に赴かせることができるとでも本気で思っているのか?

長老たち しかし、恐ろしい罰を考えだすのも、無駄な力を使うものです。

クレオン 地面を耕すには、鋤をふるうだけの力がいるものだ。

長老たち ですがおだやかな政治体制は、争わなくても大きな収獲をあげるもの。

クレオン 政治体制にはいろいろある。だが、治めるのは誰だ?

ハイモン たとえ私があなたの息子でないとしても、あなたですと答えましょう。

クレオン わしが支配者だというのなら、わしのやり方でやらねばならぬ。

ハイモン あなたのやり方で、だが、正しいやり方でなさってください。

クレオン 未熟者のお前に、何が正しいかわかるというのか。だが、たとえわしが何をしようと、お前はわしの味方なのだろう?

ハイモン 私があなたの味方になれるように、ふるまってほしいのです。どうか自分だけが正しいなどと、おっしゃらないでいただきたい。自分が、他人とは別の考え、別の言葉、別の心をもっていると思っている人間は、中身はからっぽなものです。
賢い人に出会ったら、その人から
多くのことを学んでやりすぎないようにすることは、
決して恥ではありません、
大雨のあとの濁流に洗われる木は、
流れにまかせて若い枝を守ります。
だがあえて流れに逆らえば、
すぐに根こそぎにされる。
荷物を山ほど積んだ船は、
帆を精一杯はってがむしゃらにつき進めば、
舳《とも》のほうからひっくり返って、ついには難破してしまいます。

長老たち　道理がある時にはそれに従って、考えをお変えくださいませ。
我らが人間としてためらう時は、その気持ちをくみとってください、
そして、私たちとともにためらってくだされ。

クレオン　馭者《ぎょしゃ》を馬に導かせろというのか、

お前はわしにそうしろと言うのかね。

ハイモン 戦場という皮剝ぎ場から腐肉のにおいが流れてくれば、どこへ連れていかれるのかと、馬だってためらいます。それを無理に鞭《むち》打てば、棒立ちになるかもしれません。馬車、馭者もろとも断崖にとびこんでしまうでしょう。お聞きください。この国は、平和になったらいま以上にどんな脅迫をうけるかと、疑惑におぼれ、戦さのさなかに、もう狂っているのです。

クレオン この国にはもう戦争はないのだ。ご忠告はありがたいが。

ハイモン そう、あなたはみんなで祝う勝利の宴《うたげ》をととのえながら、一方ではこの館の、あなたの怒りにふれた者を残らず残酷に片づけようとしておられる、そんな疑いを、しばしば私は打ち明けられたのです。

クレオン 誰からだ、教えてくれれば褒美をやろう。疑念を抱きわしへの疑いとやらをしゃべりまくる奴らの口となるよりも、ずっといいことだろう。

ハイモン そんな連中のことは、お忘れ下さい。

長老たち 秀《すぐ》れた支配者の持つ美徳のうちで、

一番ためになる美徳は忘れることだといいます。

すんだことは、そのままにしてお忘れ下さい。

クレオン わしは年をとりすぎているから、忘れることはむつかしい。

だがお前なら、わしが頼んだら、

あの女のことを忘れられるのではないか。

あの女のために、お前は身を危険にさらしているのだ。

そのせいで、わしに悪意をもつ者どもがささやくのだ、

こいつはあの女の味方らしいと。

ハイモン 私は、正しいものに味方するのです。

クレオン 穴があるものにな。

ハイモン 何と言われましても、父上のためにこそ、

心配せずにはいられないのです。

クレオン　自分のベッドのためにこそ、
　心配せずにはいられないのです、だろう?
ハイモン　ばか者、とどなりたいところです。あなたが父でなかったら。
クレオン　それこそ厚かましいと言いたいところだ、
　お前があの女の下僕でなかったら。
ハイモン　あなたの下僕でいるくらいなら、あの女《ひと》の下僕でいたほうがいい。
クレオン　とうとう本音を吐いたな、もう取り返しはつかんぞ。
ハイモン　取り消す気などない。あなたこそ、勝手なことを言って、
　何も聞こうとなさらないのだ。
クレオン　もういい、とっとと消えうせろ。
　この小僧っ子をつれていけ、今すぐだ。
ハイモン　私のほうで出ていきます。あなたが真直《まっす》ぐに立っている者を
見ないですむように。震えに襲われないですむように。

ハイモン退場。

長老たち　王様、怒って出ていかれたが、あの方はあなたの末の息子さんなのですよ。
クレオン　たとえ息子でも、あの女たちを死から救うことはできないのだ。
長老たち　ではあなた様は、お二人とも殺してしまうおつもりか。
クレオン　いや、手をださなかった女は殺すまい。お前らの言う通り。
長老たち　では、もう一人のお方はどうなさいます？
どうやって手を下すおつもりです。
クレオン　あの女は町の外へひきずりだそう。
バッカスの舞いが、我が国民《くにたみ》の足をはずませる時だ。
あの罪人は、人里はなれた岩穴に、生きながら閉じこめておけ。
ただし、死人に供える黍《きび》と酒だけは与えてやろう。
埋葬されたようにみせかけるのだ。これがわしの命令だ。
こうすれば、わしの国にさほど、けがれの及ぶこともあるまい。

クレオン、町のほうに去る。

長老たち　暗雲が襲うがごとく、ついに我らにその時来たり。
オイディプスの娘が、囚《とら》われて、
遠くにバッカスの祭りを聞きながら、最期の道をいく時が。

ああ、今バッカスが、仲間どもをよび集める。
常に快楽を渇望する我が国民は、悲嘆にやつれながらも
嬉しげに、バッカスの神に応じる。勝利とは偉大なものだ。
バッカスが、悩めるテーバイに近づいて、忘却の酒をふるまえば、
逆らうことなどできはせぬ。
縫いしつらえた息子たちの喪服も投げ捨てて、テーバイはただただ、
バッカスの快楽の狂宴に身をまかせる。快楽のあとの心地よい疲れを求めて。

長老たちバッカスの杖をとりだす。

【バッカス讃歌の第三のコロス】

肉体に宿る快楽《けらく》の、その神髄のバッカスよ、
戦争のさなかでさえも、己れを貫くバッカスよ、
快楽を求めてやまぬその神は、血筋のことさえ忘れさす、
滅ぶを知らぬバッカスよ、
肉欲に溺《おぼ》れる者は、正気を知らず、
バッカスに、とらえられれば、たけりたつ、
くびきの下でもうごめきつづけ、
その快楽によいしれる、
塩とる穴の悪い空気も、暗い海での粗末な船も、
何ひとつとて恐いものなし、
いろんな肌をごったまぜ、すべてを一緒にこねくりまわす、
だが、バッカスは大地をば、暴力の手でけがしはしない、
最初からおだやかに人と人とを相互の理解で結ぶのだ、
美しい神バッカスは、戦わず、その力をば、示すのだ。

アンティゴネが番兵に伴われて登場、後ろに侍女たちがつき従っている。

長老たち　だが、今は私たち自身の調子も乱れてしまう。
あふれ出る涙もおさえかねる。
ついにアンティゴネ、供物を受ける時来たる。
死者に捧げる、黍と葡萄酒《ぶどうしゅ》の供物をば。

アンティゴネ　祖国の市民たちよ、見ておくれ、
冥路《よみじ》へ向かうこの姿を。
太陽の光もこれが見納め、
ふたたび、相まみえることはないだろう。
すべての者にいつかは眠りを与える死の神が、
生身《なまみ》の私を、冥府の河アケロンの岸辺へと連れていく。
婚礼の時もなく、花嫁の祝いの歌を聞くこともなく、
私は冥路へと嫁いでいく。

長老たち　しかしあなたは、人に知られ、讃えられて、
その死者の部屋へと向かうのだ。
病いにたおれたわけでもなく、
鉄の剣の褒美をもらったわけでもない。
ただ自ら望んで、
生きながら黄泉《よみ》の国へと下りていく。

アンティゴネ　ああ、私をからかおうとなさるのか。
まだ死んでいない、陽の光をあびているこの私を。
祖国よ、ああ、私の祖国のあなた方豊かな人たちよ！
だが、だがいつか証人にならなければならぬはず、
いとおしんで泣いてくれる者もなく、
どんな掟に従って、岩穴へ、とほうもない墓場へと、
向かわなくてはならなかったか。
死すべき人とも、すでに姿をなくした人たちとも、
生とも死とも、仲間になれない私なのです。

長老たち　権力は、幅をきかせているところでは、
決して譲ることはしないものだ。
烈しい性《さが》が、この女を破滅させたのだ。

アンティゴネ　ああ、父よ、ああ、不幸な母よ、
あわれな私はあなた方から生まれ、
そして今、呪われて、結婚もせず、
あなた方のところへ向かうのです。
ああ、兄よ、幸せに生きようとして殺された！
そのあなたが、辛うじて生きのびていた私を、
冥路へとひきずりおろすのです。

長老の一人（黍の入った皿をアンティゴネの前にさしだして）
だが、あのダナエ[15]の肉体も、

15　このアンティゴネの墓場行きの場における神話伝説は、訳注付録の「テーバイ神話」(6)を参照のこと。

太陽の光の代わりに、青銅の牢屋で我慢せねばならなかった。
暗闇に身を横たえて。
あの女は高貴な家の生まれであったのに。
そして、時の神ゼウスのために、
時の刻みを数えていたのだ、黄金の時を。

アンティゴネ　そしてまた、プリュギアのタンタロスの娘ニオベは、
シピュロスの山の頂きで、悲嘆のうちに死んだという。
ひからびて、きづたの蔓《つる》が絡むように、
だんだんと石になっていったという。
彼女のそばには、いつも冬がつきそって、
まつげの下の雪の涙で、彼女のうなじを洗ったという。
ちょうどその女のように、私は岩穴の床へとはこばれていく。

別の長老（葡萄酒の入った壺をさしだしながら）
だが、聖者とあがめられるその女は、聖なる一族の方、
私らは地上で生まれた人間なのだ。

なるほど、あなたはあの世へいく。しかし立派に死んでいく。
神の生け贄にもたとえられよう。

アンティゴネ　あなた方はため息をついて、もう私を見捨てている。
はてしない青空に眼をそらし、私を見ようともなさらない。
私は聖なるものを、聖なる形で求めただけなのに。

長老たち　ドリュアスの息子もまた、
バッカスの不正をはげしくののしり、
とらえられて、なだれ落ちる岩の牢獄にとじこめられた。
ののしりの報いに狂わされ、
神の力を思い知ったのだ。

アンティゴネ　あなた方も、不正をののしる言葉を集めて、
私の涙などはふきとばし、不正なものにぶつけてくれたのなら
どんなに良いことか。
あなた方は目先のことしか見ていない。

長老たち　二つの潮の合するあたり、

白い石灰岩の丘のほとり、
町はずれのボスポラス海峡の岸辺で、
戦さの神は見届けたのだ。
ピーネウスの二人の息子が、
余りによく眼が見えすぎたために、
その気高い眼を槍でつきさされ、
勇気ある瞳が暗闇に閉ざされていくのを。
ああ、運命の力の恐ろしさ、
富も戦さの神も、どんな砦《とりで》も、
運命の力を免れることはできぬのだ。

アンティゴネ　お願いです。運命などと言わないで。
運命のことなら明らかです。
無実の私を処刑する、あの男のことをお話しなさい、
運命という言葉は、あの男にこそ、結びつけなさい！
不幸な方たちよ。自分たちは無事だなどと考えぬがいい。

もっと多くの亡骸《なきがら》が切り刻まれ、
弔いもされず、山となってほうり出されることでしょう。
クレオンのために、いくつもの国々を侵略するお前たち、
いくつかの戦いにどれほど勝利をおさめようと、
最後の戦さが、お前たちを呑みこむのです。
獲物をほしがるあなた方、
でも、帰ってくるのは、獲物で一杯の車ではなく、
空っぽの車だけでしょう。
私の眼《まなこ》は土に埋められてしまうけれど、
生きのびてそれを見るあなた方のために、
私は泣いてあげましょう！
愛する祖国、テーバイよ、
テーバイをとりまくディルケーの泉よ。
ああ、車がいきかうテーバイの丘よ！
お前のゆく末を思うと、

喉《のど》もしめつけられてしまいそう。
でもテーバイ、お前が人間らしくなくなるくらいなら、
泥にまみれて滅びるがいい。
誰かがアンティゴネのことを尋ねたら、
墓場に逃げるのを見たと伝えてください。

アンティゴネ、番兵や侍女たちとともに退場。

長老たち　あの娘は背を向けて大股に歩いていった。
まるで自分が番兵たちを引き連れるかのように。
勝利をたたえる鉄の柱のそそりたつあの広場をこえて。
そこでますます足を速め、姿を消した。

【アンティゴネの死出の道行きを見送る第四のコロス】

だがあの娘もかつては、

奴隷たちが焼いたパンを食べていたはず、
不幸を隠す砦のかげで、
ぬくぬくゆったり座っていたはず、
ラブダコス家の一族から、
人を殺しにでかけた戦争が人を殺しに帰ってくるまでは。
血まみれの手が戦争を身内のものにもさしだした、
しかし身内は受けとらず、
それを相手の手から奪いとる。
怒りに燃えたあの娘、誠の世界に身をなげる、
つまりはやっとあの娘、外の世界に身を置いた、
冷たさが、あの娘の眼《まなこ》を開かせた、
最後の忍耐が費やされ、
最後の悪業を数え切った、そのあとで。
盲目となったオイディプスのその娘は
ついに己の眼からも、

ぼろぼろの眼かくしをとりはずし、
深淵の底をのぞきみた。
だが、テーバイの民は相変わらず、眼かくしをはめたまま、
かかとをあげて、よろめきながら、
勝利の酒に酔いしれる、
暗闇の中で何やらいろいろ混ぜられた、
そんな酒を飲みほして、歓び叫ぶ。

盲目の予言者、テイレシアスがやってくる、
つのりゆく諍《いさか》いと、下々の間でわきかえる謀叛の噂に、
駆り立てられてやってきたのだろう。

テイレシアスが男の子に手を引かれて登場、その後からクレオンがついてくる。

テイレシアス　坊や、騒ぎなんぞに気をとられずに、

ゆっくり、しっかり歩くんだ、お前はわしの案内役だからな。
案内役というのは、バッカスについていってはいけないぞ。
地面から足を高くもちあげすぎたら、ひっくり返ってしまうんだ。
勝利の柱にもぶつかって倒してしまわぬようにな。
国中の者が勝利、勝利と叫びたて、
国は愚か者で一杯じゃ。
盲者は目明きの後についていくが、
その盲者の後に、だがもっと眼の見えん奴がついてくる。

クレオン （彼をからかいながら後からついてきている）
どうした、不平屋め、
戦争のことで何をぶつぶつほざいておる？

テイレシアス こういうことじゃ、愚か者め、
まだ勝利も決まらぬうちに、お前が踊り狂っておるからじゃ。

クレオン 頑固爺《じじ》いめ。
ないものは見えても、まわりに聳《そび》える

勝利の柱は見えないとくる。

テイレシアス そう、見えないとくる。わしの理性はだまされんのでな。
だからこそ参ったのじゃ、皆の衆。
脂ぎったあの月桂樹の葉っぱとやらも、
わしにはわからんのじゃ。
乾ききってかさかさと音をたてるか、
噛《か》んでみて苦い味がしてはじめて、
それが月桂樹だとわかる次第。

クレオン お前はお祭りが嫌いなのだ。
さあ、さっさとその恐ろしい予言とやらを並べるがいい。

テイレシアス 恐ろしいものを見ましたのじゃ、さあお聞きなされ、
早すぎる勝利の酒に酔いしれて、
どよめくバッカスの狂乱に聞こえなくなった
テーバイの国に、鳥占いが告げることを。
わしは、いつもの鳥占いの椅子に座っておった。

そこはあらゆる鳥が集まってくるところなのじゃ。
と、その時、空に恐ろしい騒ぎを聞いた。
鳥どもが荒れ狂い、爪でひっかきあい、
はばたきながら殺しあうのを。
胸騒ぎがしてわしは急いで祭壇に火をともし、
確かめてみたのじゃ。
だが、その火のどこにもよい兆しはみえぬ、
ただ、脂くさい煙だけが輪を描いてたちのぼり、
生け贄の獣の腿肉《ももにく》が、脂身からはがれてのぞいてみえる。

長老たち　勝利の祝いの日に、何と不吉なしるし、
　喜びを食いつくす！

テイレシアス　これこそは、ゆえなき乱痴気《らんちき》騒ぎへの死の宣告か。
クレオンよ、この国を腐らせたのはあなたじゃ。
祭壇も供物所もけがれておるのじゃ、
あの、無惨に死んだオイディプスの息子を食いあきた犬や鳥どもで。

だからして、鳥どもはもはやよい報せを鳴いてはくれぬ、
死人の脂身を喰《く》ろうたからじゃ。
神々は、そんな臭いはお嫌いじゃ。
死者には道をゆずり、
行くべきところに行かせるがよい！

クレオン　爺いめ、お前の鳥は、お前に都合よく飛ぶのだ。
わしにはわかっておる、
わしに都合よく飛んだことだってあるんだからな。
わしとて商売というもの、占い稼業というものを
知らんわけではない。けちではないのでな。
そうやって、サルディスの琥珀《こはく》[16]なりインドの黄金なりを稼ぐがよい。
だが言っておくが、わしはあの臆病者の弔いなどさせぬぞ、
ゼウスの不機嫌なんぞ、糞くらえだ。
神々を動かせる人間なんぞ、いないのだ、わしにはわかっておる。
なあ、ご老人よ、人の世には、たとえ偉い奴でも、

欲得ずくでくだらんことをまことしやかにほざいて、
くだらん死をむかえた奴もおるのだぞ。

テイレシアス　ちっぽけな時間のために嘘をつくには、
わしはもう年をとりすぎておる。

クレオン　どんな年寄りでも、生命は惜しいもの。

テイレシアス　そんなことはわかっておる。
だがわかっておることは他にもある。

長老たち　言うがいい、テイレシアスよ、
王よ、この予言者に語らせなさい。

クレオン　言いたいだけ言うがいい、だが、妙な駆け引きはするなよ、
予言者という奴は、金が好きだからな。

テイレシアス　その金をさしだすのが、暴君だそうじゃ。

クレオン　盲者は、まず金をかんでみる、そしてやっと金だとわかるのだ。

16　サルディスはリュディアの首都で、古代には黄金や琥珀の産地であった。

テイレシアス　いや金など出さんでくだされ、
戦さのさなかには、何が自分のもち物やら、わかりはせぬ。
金だろうが、息子だろうが、権力だろうが。

クレオン　戦さは終わった。

テイレシアス　終わったかな？
いやはや、あなたに尋ねてしもうた。
おおせのとおり、わしらごときはものを知らぬから、
尋ねてみるより仕方がないのじゃ、
いかにも未来のことは見えんのでな。
過去と現在をしっかとみつめねばならん。
そいつが、予見者たるわしのやり方。
わしには、この坊やの見えることしか見えんのでな。
たとえば勝利の柱の鉄が薄いと聞けば、
槍をまだ作っておるからじゃろうと、わしは言う。
兵隊さんのために毛皮の服を縫っているよと聞けば、

秋がくるからじゃろうと言う。
魚の干物を作っているよと聞けば、
それは冬の糧食だろうよと言う。

長老たち　それはみな、戦さに勝つまでの話で、もう終わったことだと思っていたが。
今にアルゴスから、鉱《あらがね》や魚とともに、獲物がどっさりくるのだと。

テイレシアス　番兵は山ほどおるのに、
見張るべきものが多いか少ないか、誰にもわからん。
だが、あんたの一族には、大きな諍《いさか》いがある、これは確かじゃ。
いつものように商売がうまくいこうとも、すべてを忘れられはせんはず。
聞くところによると、お前の息子ハイモンは、
お前に傷つけられて、出ていったそうじゃな、
お前が彼の許婚のアンティゴネを岩穴になげこんだからじゃ。
兄ポリュネイケスを弔おうとしたかどで。
それが何故かというに、お前がポリュネイケスを打ち殺し、
墓もなくほうり出したからじゃ、彼がお前に刃向かった時に。

そしてポリュネイケスが刃向かった理由は、
お前の戦争が兄のエテオクレスを殺したからじゃ。
だからこそ、わしにはよくわかる、
残忍なお前が、残忍な所業の中にまきこまれてゆくのが。
わしは金などに迷いはせぬゆえ、もうひとつ尋ねておこう。
メノイケウスの子、クレオンよ、お前は何故に残忍なのか？
答えやすくしてしんぜよう、戦さに鉱《あらがね》が足りないからか？
何と馬鹿げた間違ったことを始められたのじゃ、
しかもそれを続けていかねばならぬとは。

クレオン　二枚舌のごろつきめ！

テイレシアス　舌ったらずよりは、ましじゃろうて。
これで答を二つもろうたわけじゃ、
つまり、答はないという答をな。
あんたのない答とない答を結びつけて、こう言おうか。
政治の乱れは偉大な人物をよび求めるが、

偉大な人物などおりゃあせん。
戦さは自分で仕掛ければ、自分の足を折るばかり。
略奪は略奪を生み、残酷は残酷を重ねる。
欲は欲を生み、とどのつまりはすっからかん。
過去と現在をふり返れば、ざっとこんなところ。
あんた方は未来をみて、ぞっとする。
さあ坊や、連れてっておくれ。

テイレシアス、子供に手を引かれて去る。

長老たち　王よ、この髪がまだ黒かったら、
途端にまっ白に変わったことでしょう。
あの男、怒りにかられて嫌なことを言いました。
だが、もっと嫌なことは言わなかった。
クレオン　じゃあ、言わせてもらおう、

聞かずにすんだことをほじくり返す必要はない。

長老たち　メノイケウスの子、クレオン王よ、
若い連中は一体いつ、男手のないこの国に帰ってくるのですか？
メノイケウスの子、クレオン王。あなたの戦さはどうなっているのです？

クレオン　あやつが悪意をもってわざと、そこに眼を向けさせおった。
じゃあ、答えてやろう。陰険なアルゴスがしかけた戦争は、
まだ終わっておらんし、うまくいってもおらぬ。
わしが停戦を命じようとした時に、
ほんのちょっとした手ぬかりがあった、
ポリュネイケスの裏切りのおかげでな。
だがその男のことも、奴のために嘆いた女のことも、もう片がついた。

長老たち　片がついていないことがもうひとつあります。
この国であなたのために精鋭の槍隊をひきいる、
あなたの末の息子ハイモン殿は、
あなたから背いていったのですぞ。

クレオン　あんな奴には、もう何の未練もない、
くだらぬ自分の新床ばかり心配しおって、
わしを見捨てたあんな奴は、わしらの眼の前から消してやるのだ。
わしのためには、まだ息子のメガレウスが、
よろめくアルゴスの城壁で
身を躍らせて戦っておる。
あれこそ、功勲《いさお》高いテーバイの若者だ。
長老たち　だがそれにも限りはあります。
メノイケウスの子クレオン王よ。私らは、いつもあなたに従ってきた。
国には秩序があった。
あなたが、私らの首ねっこを、しっかりおさえておられたからだ。
国中の敵を、そして何ももたずに戦争のおかげで暮らしている
テーバイの盗人のような民衆どもを。
また、諍いをネタに生きる、大喰らいで声のでかい不平屋どもを。
奴らはどっかから金をもらって、あるいは金をもらわなかったからといって、

広場でごちゃごちゃしゃべくるもの。
今また、そういう連中が叫んでいる。
そのための不都合な材料にも、事欠かない始末。
メノイケウスの御子よ、
あなたはあまりに途方もないことを、始められたのではないか？

クレオン　わしをアルゴスに進軍させたのは、一体誰だ？
鉄の槍先ひっさげて、山の鉄をとりにでかけたのも、
お前たちの指図によるものだ。アルゴスには鉄がたくさんあるからな。

長老たち　おかげでどうやら、槍は豊かになった。
しかし私らはいやな噂もたくさん聞いた。
あなたを信じて、噂をふりまく奴らをふり捨ててきたが。
恐れにふるえながらも耳に栓をしてきた。
あなたが手綱をギュッとひきしめると、眼をとじた。
もうひとふんばり、あとひと戦さ必要なのだと、あなたは言われた。
ところが今やあなたは、私らまでも敵扱いしはじめた。

残忍にも、二重の戦争をやろうとしている。

クレオン お前たちの戦争なのだ。

長老たち あなたの戦争なのです。

クレオン わしがアルゴスを手に入れさえすれば、

また、お前たちの戦争だったということになるだろうよ！

この話はもうやめだ。わかったぞ、要するにあの女、反抗的なあの女が、

お前たちと、あの女の言葉を聞いた奴らの心を、乱したのだ。

長老たち 妹には当然、兄を弔う権利はあったのです。

クレオン 将軍には当然、裏切者を懲らしめる権利がある。

長老たち 権利、権利と権利をむきだしで通用させれば、私らには、

どちらの権利も地に堕《お》ちてしまいます。

クレオン 戦争が新たな権利をつくりだすのだ。

長老たち その権利も、古い権利で生きのびるのです。

古い権利に何も与えなかったら、戦争は新しい権利をも食い尽くすのです。

クレオン 恩知らずめ！　肉は喰らうが、

料理人の血だらけの前掛けはごめんというわけか！
お前らには、戦争騒ぎが聞こえてこないように、
家を建てるアルゴスの白檀《びゃくだん》をくれてやったではないか。
わしがアルゴスからもって帰った鉄の板とて、
誰一人としてわしに返した者はおらん。
その上にあぐらをかいているくせに、お前らは
あっちでもこっちでも、このわしを、
残酷だとか不親切だとかぬかしおる。
獲物がやってこない時の憤激には、
わしは慣れておるのだ。

長老たち　男手なしで、あとどのくらい、
テーバイに我慢させるおつもりなのですか。

クレオン　その男どもが、豊かなアルゴスを倒すまでだ。

長老たち　呪われた人よ、すぐに呼び戻しなさい。彼らがくたばらぬうちに。

クレオン　手ぶらでか？　それでいいと、本当にお前らは誓えるのか。

長老たち　手ぶらであろうと、手がなかろうと、
　血肉のあるものは、全部呼び戻すのです。
クレオン　勿論《もちろん》だ。アルゴスはすぐおちる。
　そしたらすぐに呼び戻そう。
　わしの長男、メガレウスが連れて帰ってくる。
　その時には、門や戸口が低すぎないように気をつけろ。
　それが、地べたをはいずる奴らには十分な高さでもな。
　さもなくば、あの威風堂々の男たちの肩が、
　この館の門やあそこの宝物殿の戸口に
　ひっかかってしまうかもしれんからな、
　彼らはお前たちの手や腕の関節をはずしてしまうほど、
　抱きしめるかもしれんぞ、再会の大きな喜びで。
　甲冑《かっちゅう》がお前たちの臆病な胸に嵐のごとくとびこんできたら、
　肋骨が折れぬように気をつけろよ。戦勝の喜びの日には、哀しみの日よりも、
　もっとたくさんのむきだしの鉄を見るだろうて。

ためらいがちな勝利者は、いつも鎖の花輪を飾られて、
がくがくする膝で踊ってきたものだ。

長老たち　ひどいお方だ、我らを味方で脅すつもりか？
こんどは味方に私らを鞭打たせようというのか？

クレオン　息子のメガレウスとよく相談の上でな。

戦場からの使者登場。

使者　王様、気をお確かに！
不幸な報せをもって参りました！
余りに早すぎました。勝利の祝いはやめさせてください！
新たな戦闘で、あなたの軍隊は、
アルゴスにうちのめされて逃走中なのです。
御子息のメガレウス殿も今はなく、
切り刻まれて、アルゴスの固い大地に横たわっている。

あなたはポリュネイケスの逃亡を罰し、
これに不満なたくさんの兵士までひっとらえ、
みせしめに公開の縛り首にした上で、
ご自分は一人、テーバイに急いでもどられた。
その後、あなたのご長男はすぐさま、私らに新たな前進を命じた。
味方の血の海からまださめやらず、陣頭指揮をとる兵たちは、
まだテーバイの血でぬれている斧を、
ただ疲れきってアルゴスの民にふりあげただけ。しかし、その顔は、
おびただしい兵士たちの顔は、メガレウス殿のほうをふりむいていた。
メガレウス殿は、敵よりも恐い存在であろうとして、
余りにはげしい声でみんなを駆りたてたのです。
はじめは我らに有利に見えました。
戦いは、ますます闘争心をあおり、
敵のであろうと味方のであろうと、
血の匂いは我らを酔わせる。

勇気ではできないことも、恐怖がやらせる。
だが地形や武器、食料ものをいいます。
王よ、アルゴスの民衆も、不屈に戦った。
女も戦い、子どもも共に戦った。
とっくに煮たきには使われなくなった鍋が、
煮え湯もろとも、燃え尽きた屋根の上から落ちてくる。
もうこの世には住む気がないかのように、
私らの背後では、
焼け残った家々にさえ火がつけられた。
家具も食器もシャベルに変わり、武器に変わった。
それでも御子息は、我らを前へ前へと追いたてた。
荒れはてて、今や墓場と化した町中へ駆りたてた。
瓦礫《がれき》の山が、我らをばらばらにしはじめた。
町中にたちこめた煙と炎の海が我らの視界をさえぎった。
火をよけ、敵をさがしては、

味方同士がぶつかりあった。
御子息が誰の手にたおれたか、
それさえ誰にもわからぬ始末。
テーバイの栄華は残らず消えうせました。
テーバイそのものも、もはや長くはもちますまい。
アルゴスは、今、人や戦車の総力をあげて
通りという通りを押しよせてきます。
それを見た私は、こうやって死んでゆけるのが嬉しい。

（使者死ぬ）

長老たち 何たることだ。
クレオン メガレウス！ わが息子よ！
長老たち 嘆いている暇はない。
さあ、軍勢をお集めなさい。

クレオン　ないものを集めろというのか！
笊《ざる》ですくうようなものだ！

長老たち　テーバイが勝利に踊り狂っているうちに、
鉛色の鉄をひっさげて、あっちからもこっちからも、敵がやってくる！
我らをあざむくことによって、あなたは自分の剣まで失《な》くしたのじゃ。
さあ、もう一人の息子のことを思い出すのです。
末の息子を呼び戻しなさい！

クレオン　そうだ、ハイモン、さいごの息子だ！
そうだ！　わしの末の息子よ！
さあ、この危急存亡の時に、助けに来てくれ！
わしが言ったことはすべて忘れてくれ、
あの時はまだ、わしの力が強かったから、
自分の心をおさえきれなかったのだ。

長老たち　岩穴へ急ぐのです、
早くあのポリュネイケスを埋葬した女、

アンティゴネを放しておやりなさい！

クレオン　わしがあの女を墓から出してやったら、お前らはわしに味方するか？
お前らは今まですべてのことを黙認してきたのだ。
お前らが必要としなかったことでさえ。
それが、お前らをまきこんだのだぞ！

長老たち　お行きなさい。

クレオン　斧だ、斧をよこせ！

クレオン退場。

長老たち　踊りをやめろ！

（シンバルをたたきながら）

【滅びゆく祖国テーバイへの挽歌の第五のコロス】

カドモスが愛した娘セメレの、
自慢の息子であった歓びの霊バッカスよ、
あなたの町をいま一度見たければ、
すぐに旅だってきてくだされ、
陽の沈まぬうちに、
遅れると、この町はもうなくなるのだから。

歓びの神よ、あなたは
イスメノス河の流れのほとり、
あなたの母と信者の町、
このテーバイに住んでいた、
屋根の上を美しくただよう生け贄の煙も、
あなたの姿を見たものだ。

家々を焼く炎、炎の煙、煙の影、
そんなものにさえ、もう会えぬかもしれぬ、
千年もの間、テーバイの民は、
はるかな海をのりこえ、その繁栄をむさぼっていたが、
明日には、いや今日の日にも、
枕にする石さえなくすのだ。

歓びの神よ、あなたの平和の時代には、
あなたは恋する者たちと、
冥府のコキトスの岸辺、カスタリア神殿の杜《もり》に座っていた、
鍛冶屋で剣にふざけたり、
歓びに踊るこの町を流れる、
テーバイの不滅の歌に身をゆだねもした。
ああ、鉄がわれとわが身にくいこんで、

腕は疲れの餌食となる、
ああ、暴虐には奇跡が、
寛大には多少の知恵がいるものだ。

だが今は、
かつては踏みにじった敵どもが、
我らの館をみおろして、
血まみれの槍ふりかざし、七つの門をとりかこむ、
我らの生血を吸いとらぬかぎり、
敵は決して去るまいぞ。

あそこに侍女の一人がやって来る。
逃げまどう人の群れをかきわけて、
きっと父親に救いの軍勢の隊長を命じられた
ハイモン様の使いであろう。

侍女の一人が使いとして登場。

侍女　おお、何と多くのものが失われたことか！
最後の剣も折れてしまった！
ハイモン様も亡くなられました。我と我が手で命を絶って。
私はこの眼で見たのです。それ以前のいきさつは、
クレオン殿のお伴の人たちから聞きました。
その人たちは、ポリュネイケスの亡骸が
犬に喰いちぎられて横たわっている野原に行って、
ものも言わずにその屍《しかばね》をきれいに洗い、
集められる限りの若枝を集め、
その中にその亡骸を横たえたあと、
心をこめて、故郷の土で小さな塚を作ってやったという。
一方、クレオン殿は他の者をつれ、

私ら侍女たちのいた岩穴の墓場へと急がれた。
その時、侍女の一人がひとつの声を聞いた、
中から聞こえる深い嘆きのひとつの声を。
彼女はクレオン殿に知らせようと走った。クレオン殿は急いだ。
急いで走る彼をますます不気味にとりまく低い嘆き声。
自らも哀れな嘆き声を発しながら、
近づくクレオン殿が見たのは、
岩壁からひきちぎられた閂《かんぬき》だった。
クレオン殿は、まるで自分に信じこませるかのように、
やっとのことで「いや、あれはわしの息子ハイモンの声ではない」、
そうつぶやかれた。
不安にみちたその声を、私らはじっと聞いていた。
するとその時、墓場の奥に見えたのは、
首に麻紐をまきつけて、
自害なさされたアンティゴネの姿。

そしてその足もとに身を投げ出して、
失われた花嫁の床を、二人をわかつ深淵を、
父の仕業を嘆くハイモン様の姿。
それを見たクレオン殿は、岩穴の彼に近づきよびかける、
「おお息子、膝を折って頼むから外へ出てきてくれ」。
だがハイモン様は何も答えず、
冷たく父をじっと見すえると、
剣をぬいて、とびかかる。
おどろいたクレオン殿は、身をひねって、その切先をかわす。
すると息子のハイモン様は立ったまま、何も言わずに
切先を、ゆっくり我と我が身に突き刺した、
そして声もたてずに倒れられた。
屍は、屍と折り伏して倒れ、
二人はあの世でおずおずと、婚礼の時を迎えられた。
ああ、あそこに、ご主人自らおいでです。

長老たち　この国はもう終わりじゃ。
手綱に馴れていた身に、手綱が失せた。
侍女たちに支えられて、あのしくじり男がやって来る。
愚かな狂気の沙汰の
記念の品を手にもって。

ハイモンの上着を抱えてクレオン登場。

クレオン　見てくれ、これを、あいつの上着だ。
剣を持って帰れるかと思ったのに。
あの子は若い身で、もう死んでしもうた。
もうひと戦さ戦えば、アルゴスをぶちのめしてしまえたものを。
勇気と狂気をふるいおこして、
ひたすらわしに逆らいおった。
もうテーバイはおしまいだ。

滅びるがいい、わしとともに、破滅するがいい、
共に禿鷹の餌食となるがいい、それこそ本望じゃ。

クレオン、侍女たちとともに去る。

長老たち　かくして彼は背をむけて、ラブダコス家の最後の名ごり、
血にまみれた布切れだけを手に持って、崩れ落ちる町へと向かった。

【コロスの退場歌】

我らもまた、あの男の後についていこう、あの世の底へと。
我らを無理強いした手は打ち落とされて、
もはや我らを打ちのめしはしない。
だがあの女、すべてを悟りはしたが、ただただ敵を助けたばかり、
その敵が今ここに攻め入って、すぐにも我らを皆殺し。
なぜなら時は短く、まわりには災いばかり。

だから何も考えずに生きのびたり、
忍耐に忍耐を重ねたり、
悪虐非道へ走ったり、
年とってからやっと賢くなったり、
そんな余裕は、人間には決してないのじゃ。

訳注付録

『アンティゴネ』の背景をなすテーバイ神話

(1)ギリシア神話では、テーバイ王朝の創始者はカドモスとされている。ゼウスに誘拐された姉エウローパを探しに出かけたカドモスは、帰国をあきらめ、デルフィの信託をうけて、牝牛を道案内にし、牝牛が疲れて倒れたところにテーバイ市（カドメイア王朝）を建設した。ゼウスはその祝いに、自分の孫のハルモニアをカドモスの妻に与えた。

(2)カドモスの娘セメレは、多情な神ゼウスに愛されて床を共にした。ゼウスの妻ヘラの謀りごとによってセメレは命を落とすが、六か月で流産した胎児をゼウスは自らの大腿に縫い込む。月満ちて生まれた子供がディオニソス（バッカス）である。後に秘教の儀を学び、葡萄の木の発見者として酒神となった。バッカスは本来小アジアでは自然の生産力の象徴で豊穣神、トラキアやマケドニアでは（主としてバッケーと呼ばれる女たちの間で行われた）宗教的儀式を有する神であったらしいが、ギリシアに輸入され、エクスタシーを伴う狂乱の祭りとして女たちの熱狂的な崇拝をうける。

(3)カドモスの血をひくラブダコスの子ライオスはメノイケウスの娘イオカステを妻にしたが、男子をもうけると父を殺すことになるという神託をうける。そこで生まれた子は踵をピンで貫いてキタイロン山中に棄てられた。だがこの子は牛飼いに見つけられ、コリント王ポリュボスの子として育てられる。その子は足が腫れていたためオイディプスと呼ばれた。長じて友に偽りの子とののしられた彼は、真実を知ろうとしてデルフィの神託を乞うた。自分の故郷に赴くなかれ、父を殺し母と交わるであろうからと告げられて、彼はコリントを棄てる。旅するうちにライオスに出会い、知らずして父を殺し、テーバイに辿り着く。この時テーバイは怪物スフィンクスに苦しめられていたのだが、オイディプスはその謎を解いたことによって、ライオスの妻イオカステとテーバイの王国を手に入れる。このオイディプスと彼の実母との間に生まれた「呪われた子供たち」が、エテオクレス、ポリュネイケス、アンティゴネ、イスメネである。

(4)秘密を知ったオイディプスは、我が眼を抉り出してテーバイを後にし、コロノス島で死ぬ。ソフォクレス版の『アンティゴネ』では、息子の兄弟エテオクレスとポリュネイケスは王権に関し、互いに協定して一年おきに交互に治めることに決めた。だが兄は弟に王権を渡そうとしなかったため、弟はアルゴス勢とともに、七つの城門で囲まれたテーバイを襲う。二人の兄弟は一騎打ちをし、相打ちとなる。ブレヒト版では兄弟はともにアルゴスとの戦争に赴いて兄は戦死、弟は逃亡して殺される（解説参照）。テーバイ王権を継承したメノイケウスの子でイオカステの兄のクレオンは、ポリュネイケスとアルゴス勢の亡骸を埋葬せずに遺棄し、何人も葬礼を与うるべからずというお触れを出して番人を置いた。これがソフォクレスとブレヒトの「アンティゴネ劇」の発端である。

(5)テイレシアスは、テーバイの名高い予言者。盲目になった原因にはいろいろ説がある。予言の力を濫用し神の怒りにふれたとか。非常に長寿で、時代を超越したテーバイのただ一人の予言者となっている。

(6)アンティゴネの墓場行きの場の長老たちの対話中に出てくる神話伝説について。

ダナエはアルゴス王アクリシオスとエウリュディケの娘。孫に殺されるという神託をうけた父は、娘を青銅の部屋に閉じ込めたが、ゼウスが彼女をみそめ、黄金の雨に身を変じて彼女と交わり息子ペルセウスが生まれる。

ニオベはプリュギアのタンタロスの娘で、アムピオンの妻となり男七人女七人を産んだ。彼女は、ゼウスの子供を生んだレトよりも子供には恵まれていると自慢したため、レトの二人の子供であるアポロンとアルテミスの復讐を受ける羽目になり、すべての子供を殺されてプリュギアに戻った。そしてニオベは、シピュロス山の頂きで姿を石に変えられ、涙が昼夜、その石から流れているという。

ドリュアスの子リュクルゴスはトラキアのエドノス人の王で、ギリシアでディオニソス（バッカス）を侮辱して追放した最初の王となった。バッカス崇拝を禁じ彼の信者たちを捕まえたが、バッカスによって気を狂わされ、妻子を我が手で殺すはめになり、ついにはパンガイオンの山で八つ裂きにされたとか。

ピーネウスは黒海のサルミュデソスの王で、いろいろな説があるが、一説によるとボレアスの娘クレオパトラを妻として二子を得たが、後にイダイアをめとった。後妻は継子について彼に讒訴《ざんそ》したために、二人の継子は父に盲目にされた。ゼウスは怒ってピーネウスをも盲目にしたという。ゼウスの怒りは、ピーネウスが予言の力を濫用し、明らかにすべきではないことをも明らかにしたためであるという説もある。

テーバイ王家の系図

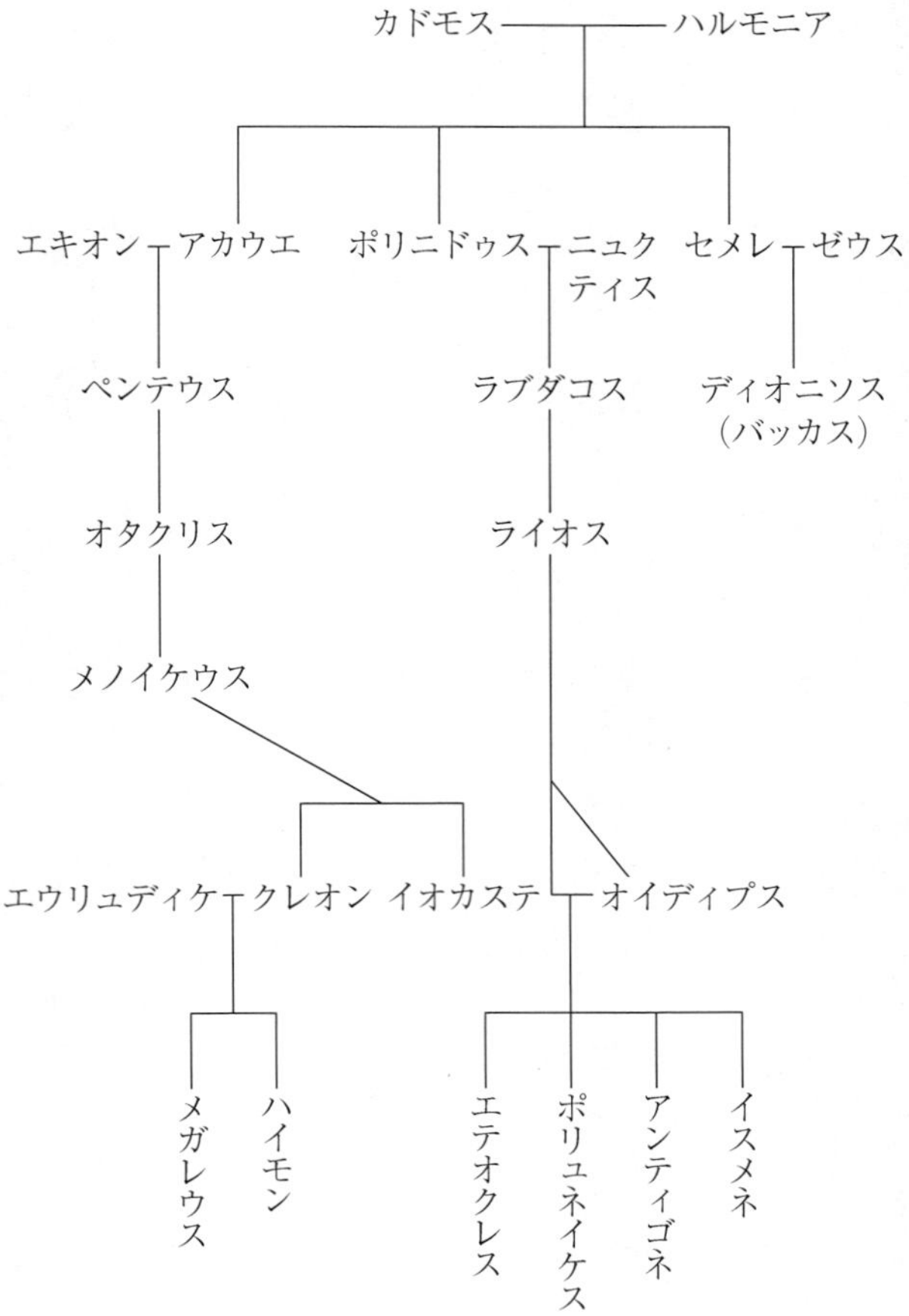
カドモス
ハルモニア
エキオン
アカウエ
ポリニドゥス
ニュクティス
セメレ
ゼウス
ペンテウス
ラブダコス
ディオニソス（バッカス）
オタクリス
ライオス
メノイケウス
エウリュディケ
クレオン
イオカステ
オイディプス
メガレウス
ハイモン
エテオクレス
ポリュネイケス
アンティゴネ
イスメネ

解説

ブレヒトの『アンティゴネ』の位相――「改作劇」の意味するもの

――アンティゴネを宗教、又はヒューマニティの代表者に、クレオンを国家の代表者にするつもりはあったのかい？

――いや、なかった。

――個人が国家に対してどう振る舞うべきかを示したのかい？

――アンティゴネが、クレオンと長老たちの国家に対してどう振る舞ったかを示しただけだ。

――他には何も？

――それだけだ。


（『アンティゴネ・モデル　一九四八』より）

この『アンティゴネ』は、おそらくブレヒト劇作品のなかでほとんど唯一、ギリシア悲劇を素材として扱った作品である。それは何故なのだろう。ブレヒトとギリシア悲劇との関わりは、どう捉えられるのだろうか。ここではその謎解きを試みてみたい。

1 まずは成立史から

一九四八年初頭に、十数年の亡命生活を終えてひとまずアメリカから「永世中立国」スイスのチューリヒに腰を据えたブレヒトが、ドイツ語圏帰還後の最初の仕事として着手したのがこの改作・演出であった。クール市立劇場の上演のためにアダプトされたこの作品には『ソフォクレスのアンティゴネ――ヘルダーリン訳による舞台用改作』という題名が付されている。この光文社古典新訳文庫では『アンティゴネ』の邦題を採用することにした。

チューリヒは亡命ドイツ人の集結地の一つで、そこにあるシャウシュピールハウスは、亡命期のブレヒトの作品を、一九四一年に『肝っ玉おっ母／母アンナの子連れ従軍記』（以後『肝っ玉／母アンナ』）や、四三年には『ガリレオの生涯』の初演などを上演してくれてきた。その地にブレヒトは、四七年一一月から結局一年余もとどまって、ドイツ、ひいては戦後史の成り行きを見守ることになる。敗戦国ドイツが米英仏ソの四カ国統治のなかでどういう決着を迎えるかも不明のときである。第二次大戦の終結は、同時にまた核戦争と東西冷戦の始まりでもあった。ドイツとベルリンも次第に、四カ国共同統治から、米英仏とソ連の分割統治に分かれていく。

成り行きを見守っていたブレヒトは、西ドイツ側からは入国を拒否され、東ドイツ側からベルリンで劇団を創らないかという誘いを受ける。可能性を探ろうと演劇仲間への打診を続けながら、息子はアメリカにおいて、自分はオーストリアの市民権を得て、お金はスイス銀行に預け、著作権は西ドイツのズーアカンプ出版社に託した上で、ようやく四八年一〇月一七日にチューリヒを出発し、プラハ経由で一二月に東ベルリンへ向かった。到着後すぐさま稽古にかかり、明けて四九年に初日を迎えた妻ヴァイゲル主演の『肝っ玉／母アンナ』が大当たりのロングラン、それが五四年のパリ国際演劇祭でグランプリを得て戦後のブレヒト・ブームにつながっていったのは、周知のとおりである。その間に四九年五月にドイツ連邦共和国＝西ドイツが建国、一〇月にはドイツ民主共和国＝東ドイツの建国が宣言され、二つのドイツが固定化していった。

この辺りの戦後史の時点での波乱に満ちた経緯は、ブレヒト自身の『ブレヒト作業日誌』(河出書房新社より二〇〇七年に新装改訂刊行、以下『日誌』)の下巻に詳しいので、参照されたい。

そういう合間の「国敗れて山河あり」のなかで、「国」とは?「演劇」とは? その双方の関わり方のこれからの成り行きが、誰よりブレヒト自身にとってまさに手探りの、緊急の問題であった四七年一一月に、チューリヒ近郊のクール市立劇場からオファーがあった。劇場監督のハンス・キュリエルがブレヒトと舞台美術家カスパー・ネーアーの共同作業に興味を示し、ソフォクレスの『アンティゴネ』、ラシーヌの『フェードル』、シェイクスピアの『マクベス』、ブレヒトの『肝っ玉/母アンナ』と『屠場の聖ヨハンナ』の五作からひとつ選んで上演してほしいと提案。その中から選ばれたのが『アンティゴネ』だった。素材がアクチュアルで、テクストも叙事的演劇の形式要素(コロス、仮面、使者の報告)を使って改作できる、そして何より、「ベルリンで『肝っ玉』を上演するための小手調べ」ができる(『日誌』四七・一二・一六)。一九三二年からずっと正規の舞台出演の機会がなかった妻ヴァイゲルのためにもいいと、すぐさま二週間（四七年一一月三〇日～一二月一二日）の超特急の集中力で書かれたのが、この『アンティゴネ』である。ヘルダーリンのドイツ語訳を使って我が家に戻ったような気になり、「こういう企てをしてみたくなったのも、たぶんドイツ語圏に帰ってきたせいだろう」とブレヒトは述懐している。しかし、その裏にはやはり、亡命帰還後に演劇活動を再出発させようという時点で、西欧演劇の故郷であるギリシア演劇に立ち戻ろうという思いもあったのではないだろうか。ギリシア演劇は、古代のポリス（都市国家）においては、宗教行事であり、国家行事であった……。

2 「改作劇」の意味する射程

芸術が「独創性」においてのみ評価されがちな日本では、「改作」という言葉はなじみが薄い。だがブレヒトはそういうことに関しては、およそ無頓着。処女戯曲『バール』にしてからドイツの表現主義作家ヨーストの『寂しき人』への対抗劇であったし、『三文オペラ』もイギリスの劇詩人ジョン・ゲイの『乞食オペラ』を下敷きとして使っただけでなく、フランスの詩人ヴィヨンの詩の剽窃《ひょうせつ》を非難され、「僕は精神的私有財産に対してはだらしない男でね」と嘯《うそぶ》いている。既存の作品を素材として、むしろ読者観客になじみの素材であることを逆手にとって、新たな「読み」や挑発、享受の前提条件として使って、自分たちの作品を創りあげていく――その意味では、演劇そのものが観客との対話から成り立つパブリックな芸術文化であり、劇作家でかつ演出家であったブレヒト作品の殆どが、そういう改作であったともいえる。

ブレヒトにとって過去の作品は、まず、今日における使用価値として意味をもつ。同時に、自分の作品や他人の作品という芸術の私的所有の意識を超えて、作品のもつ題材や思想と形式の面白さを、現代の我々にとっての「読み」の思考の楽しみの素材にかえるのだ。彼の仕事の目標は、完成された舞台芸術作品を創ることではなく、ある素材を、特定の観客に、何らかの目的のために、その時の特定の状況に投入して、その総体を活性化することにあった。いいかえれば、「ブレヒト作品」は、彼が洞察した時代の問題を考察検証する場であった。改稿を重ねた『ガリレオの生涯』がいい例だ。

それゆえ劇の筋の中のダイアローグは、それぞれの場で相対的自立性（叙事性）をもち、そのプロセスそのものの論理の意味が問われる。論理の切り結びが矛盾・問題点を露呈し、謎と仮説を提起し、観客はその中で、感性のフィルターを通した思考へと誘われていく。それが、感覚を麻痺させ（同化・感動させ）魂を浄化する「アリストテレス的演劇」に抗した、ブレヒト演劇の基本であろう。『アンティゴネ』改作と同じ頃にブレヒトは、これからの演劇はどうあればいいのかを探りつつ、演劇実践論である『演劇のための小思考原理』にも取り組んでいた。その意味では「原作ソフォクレス・独訳ヘルダーリン・改作ブレヒト」ではあっても、そこに成立するのはやはり、ブレヒト演劇としての『アンティゴネ』だ。

そして、彼はこうも書き添えた。「この種の改作は、文学においては珍しいことではない。ゲーテはエウリピデスの『イフィゲーニェ』を、クライストはモリエールの『アンフィトリオーン』を改作した。これらの改作は原作を楽しむ妨げにはならない。こういう楽しみ方が、余り遠くない将来、歴史的感覚や芸術的趣味の修得によって、幅広い市民大衆にも可能となるだろう」。ゆえに、「大事なのはこの古い戯曲で新しい劇作法を試みることよりも、新しい上演方法を試みることにあるので、この新しい改作は、従来のやり方のように、劇団の自由な舞台化の手にゆだねるわけにはいかない。

上演写真や舞台化への説明指示のようなものをまとめたものにして、上演のモデルを作ることになった」とも書いている。

それが、ブレヒト／ネーアーの『アンティゴネ・モデル 一九四八』で、一九四九年にベルリンのヴァイス兄弟出版社から刊行された。百枚近い写真やスケッチ画の収められたこの写真集は、馬の髑髏の柱に囲まれた舞台空間で演じられるクレオンや長老たちの様子、当時五〇歳近いアンティゴネ役のヴァイゲルの立ち姿や、バッカスの仮面の杖などがくっきり示されて、もちろん白黒ながら素敵に美しい本だ。巻頭やこの解説に引いた引用や対話なども、この本による。実はこの本は、大学時代の恩師の一人であったギリシア哲学の斎藤忍随先生に、「ギリシアの古本屋で買ったのだけれど、あなたが持っていた方が役立つでしょう」と贈られて、それ以来大事にしながら大いに活用させていただいたものだ。もちろん写真も含めて、一九九四年に刊行された新全集第二五巻にも収められている。その後の、ベルリーナー・アンサンブルで生前に演出された六作品の「上演モデルブック」である『演劇の仕事』も刊行されたが、これらの「モデル」は、そもそもさらなる改善のためのたたき台としての参考例ではあるが、戯曲と上演が両輪となってこそ演劇なのだ、というブレヒトの基本姿勢を示すものでもあった。

ゲーテやクライストとの違いは、この改作作業の意味と機能の自覚にあるといえようか。そのブレヒトの改作姿勢は、ベンヤミンとの対話から生まれた、過去の作品の批判的受容と楽しみ方のひとつの例、古典の楽しみ方の意識的なモデルの提示でもある。原作と改作が、ソフォクレスとブレヒトが、ヘルダーリンの翻訳をはさんで、演出家の眼、受容者、読者の眼で接している。演劇の世界では、「演出家の演劇」や「ポストドラマ演劇」の現在では当たり前になっていようが、この時点では、先駆的な試みであった。

3　ソフォクレス／ヘルダーリン／ブレヒトの『アンティゴネ』

さて、ブレヒトの改作の主たる基本点と基本姿勢はどこでおさえられるだろうか。ソフォクレスとの基本的な相違点を、その①からその④まででおさえてみよう。

その①ギリシア古代悲劇との距離の測り方——「プロローグ」と「序景」

最初に気になるのが、このギリシア古代悲劇との距離の測り方だ。四八年一月一三日に稽古が始まってからも、『日誌』などでブレヒトはこの問題をさまざまに考察している。たとえば一月一八日、「ギリシア時代の文明をあたかも最高の規範であるかのごとく描き出したところで、もはや何の意味も持ちえない。これら［ゲーテやシラーなどの］ブルジョアの古典作家たちが行ったことで興味があるのは、美学的な問題だけである（彼らの言う民主主義にしても美学的に面白いだけだ）。『アンティゴネ』全体は、野蛮な馬の髑髏を飾った場所で演じられるのにふさわしいものだ。もちろんこの戯曲は決して百パーセント合理的な作品ではない」。クリスマス・イヴに共同演出者のカスパー・ネーアー（愛称カース）と仕事をする中で、「きわめて重要なイデオロギー的なポイントにぶつかった」として、舞台装置は馬の頭の骸骨を付けた柱で囲まれた演技空間に設定した。「僕らは相変わらず、階級闘争の存在する偶像化された国家をもっているからだ」。素っ気ないほどの突き放し方だが、それでもここは、一九五一年の「プロローグ」に依れば、人類がその特有の本質である人間らしさ（ヒューマニティ）をより精練させて発展させていく場所であり、このお話は、「かつて、暗黒の時代に、野蛮な生け贄《いにえ》の獣たちの髑髏《どくろ》の下で人間らしさが雄々《おお》しく立ち上がったところ」でのお話なのだ。

それでもブレヒトは現代との関連付けに腐心して、一九四八年二月のクールでの初演の時は冒頭に、一九四五年四月のドイツ敗戦直前の「序景」がそえられていた。兄が戦場から脱走してきたが、ナチス親衛隊に発見され絞首され、その声を聞いて予感しつつも助けにいけなかった姉妹の葛藤――。しかし、余りに短絡した現実へのアナロジーはむしろ自由な解釈の妨げとなりかねない。一九五一年に東ドイツのグライツで再度この『アンティゴネ』が上演された時、上演劇団からの要請もあったらしく、ブレヒトはこの「序景」を削り、テイレシアス役の俳優による語りかけの「プロローグ」に書きかえた。「今日性のある一点だけをとりあげて、主観的問題をスケッチできる」（ブレヒトの「序言」）だけの「序景」から、「どうか皆さん、最近、似たような行為が私たちにあったのではないか、いや、似たような行為はなかったのではないかと、心の中をじっくりさぐって頂きたい」という観客への語りかけに――。

原作の新全集では、序景「ベルリン、春、一九四五」が冒頭におかれ、一九五一年の「プロローグ」は最後に付録の形になっているので、この文庫版でもそれに準じつつ、ただし対等の選択肢として冒頭で両者を並列させた。新たな上演に際しては、さらに異なる新しい枠組みを創り直すことも可能なように……。ブレヒトにしては小品なので、たとえば戦後西ドイツの代表的演出家クラウス・パイマン演出の六〇年代の『アンティゴネ・モデル』のように、その後もスタジオ公演などさまざまな形であちこちで盛んに上演されたようだ。

その②脱神話化——「神と人間」を「人間と人間」に

訳注付録として「『アンティゴネ』の背景をなすテーバイ神話」を付けたので参照されたいが、そもそもの素材はギリシア神話である。ともすれば人間を超えた力に傾きがちなギリシアの神話的な運命観を、ブレヒトは原則的に人間と人間がおりなす運命という運命観におきかえた。怒りと情念にひきずられるアンティゴネに、運命の枠を変えてみせたといえる。それ故、原作の孕《はら》むリアリスティックな要素を、今日の我々によりわかりやすくするために、彼は筋の骨組をかえている。

そもそもソフォクレスは、大きなテーバイ王家をめぐる『オイディプス王』と『コロノスのオイディプス』との三部作の連関のなかにこの『アンティゴネ』を置いている。書かれた歴史的な順番は逆ながら、〈アンティゴネ事件〉は、父王オイディプスが「それと知らず父を殺し母と交わった罪」を引き受けて去った後のことだ。テーバイの王権を、息子である兄弟が一年ごとに交互に治めると協定しながら、約束を守らなかった兄エテオクレスから政権を奪うために、弟ポリュネイケスが敵国アルゴスと組んでおこした戦争がテーバイ側の勝利（ただし兄弟は一騎打ちの相打ちとなるのだが）で終わった後日譚となっている。

しかしブレヒトの場合は、王権を継承した伯父クレオンが起こした戦争のまっただ中でおこる、テーバイでの国内粛清にからむ事件となる。兄エテオクレスの戦死に驚いて逃亡兵となって殺された弟ポリュネイケスの弔いを禁じたクレオンの御触れに、妹アンティゴネが逆らう。クレオンの戦争も、アルゴスの鉱石目当てにテーバイがしかけた侵略戦争であることが明らかにされる。これも、ソフォクレスとその時代、及びその認識の地平を現代の我々の歴史観によってとらえ返したのであって、現代への牽強付会なアナロジーではなかろう。

ソフォクレス原作では最後に登場し、嘆きの後で自害することになるクレオン王の妻で妃のエウリュディケの場面も、カットされている。これによって全体はすっきりとある意味で合理化され、アンティゴネの抵抗の意味もより鮮明になる。もちろん、彼らが父オイディプスと彼の実母イオカステの間に生まれた四人の「近親相姦の呪われた子供たち」であるという神話の設定と運命は変えようも逃れようもないし、そういう背景は当然ながら浮かび上がってくる。同じ血を分けた兄弟の亡骸を弔いたいという思いは、それを禁じるクレオン王の国の掟を認めるわけにはいかないという、アンティゴネの意志的な「反抗」となる。

その③リアリスティックな民衆伝説への変容

ソフォクレスの原作にちりばめられた超人間的な力を暗示する神話的世界について、ブレヒトは興味深い言い方をしている。「カースの勧めで、ヘルダーリンの翻訳を使ってみる。この翻訳は余りに晦渋だとされていたためにこれまでほとんど、あるいはまったく上演に使われることがなかった。故郷シュヴァーベン風の口調やギムナジウムで習ったラテン語のような文構造を見つけて、我が家に戻ったような気がする。こういう企てをしてみたくなったのは、たぶん、ドイツ語圏に帰ってきたせいだろう。そこには、ヘーゲル的なものもある。ドラマトゥルギー的なことでいえば、〈運命〉

はいわば、ひとりでに消え去っていく。神々のうちで残るのは、その土地の民衆の神、歓びの神だけだ。場面の改作が進むにつれて、しだいにイデオロギー的に曖昧なものの中から、きわめてリアリスティックな民衆伝説が浮かび上がってきた」——改作稿を書き上げた直後の『日誌』での記述だ。

たしかにブレヒトは、自ら「ドイツ語の最高の形成者の一人」とよんだヘルダーリンのドイツ語訳に、「驚くほどのラディカリティー」(『日誌』)を見出して惚れこみつつも、その余りに晦渋で上演しにくい文体にかなり大胆な手を入れ、凝縮化しつつ、自分の論理を貫かせている。ヘルダーリン独自の原文の誤解あるいは「読み」に、恐らくそれと知ってか知らずにか、ブレヒトが筋の展開において驚くほど意味深い解釈を与えていると思われる箇所もいくつかあるようだ。その意味では、この作品の文体も、ヘルダーリンの歌が背後にかすかに聞こえるが、そのおかげと言いながらも、基本的にはブレヒトの文体といえる。

イデオロギー的粉飾を取り去られ、きわめてリアリスティックな民衆伝説となり、それぞれの引用の機能も明確になるのは、ことに長老たちのコロス(合唱)においてである。

ブレヒトに依る五つのコロスは、

「人間の不可思議さを歌う第一のコロス」。

「余りに厳しい独裁者クレオンを諫める第二のコロス」。

「バッカス讃歌の第三のコロス」。

「アンティゴネの死出の道行きを見送る第四のコロス」。

「滅びゆく祖国テーバイへの挽歌の第五のコロス」。

訳注付録として付けた神話的世界が、それぞれの詩句のなかで、社会的な背景を裏付ける伝説的例証になる。特記したいのは、「神々のうちで残るのは、その土地の民衆の神、歓びの神だけだ」とブレヒトが書いている、バッカス神だ。テーバイ王家の系図にあるように、テーバイ王朝の創始者カドモスの娘セメレがゼウスとの間に生み、胎児のままゼウスの大腿で育てられたというディオニソス神。この別名バッカスがテーバイ王国の守護神で、葡萄の木の酒神であり、愛とエロスと歓びと平和の神だと、ブレヒトは明確に位置づけている。

第三のコロスでは、ヘルダーリン訳に依りつつ、こう歌われている。「だが、バッカスは大地をば、暴力の手でけがしはしない、最初からおだやかに人と人とを相互の理解で結ぶのだ」——バッカス神は演劇の神でもある。古代ギリシア演劇は、紀元前五世紀を最盛期に、都市国家アテナイの葡萄の収穫を酒神バッカスに感謝する祭儀として、羊を生け贄に捧げた巨大な野外劇場で演じられた。フランスの映像作家ユイエとストローブ夫妻が、バッカス讃歌のこのブレヒトの『アンティゴネ』をブレヒトが夢見た「共産主義のユートピア」とみなして、シチリア島セジェスタの古代円型野外劇場の廃墟での上演を映画化（一九九二年）している。その際のインタビューを読んだことがあるが、なるほどそうかなと思いつつも、ブレヒトの思いと意図はそう単純ではないのではないかとも考えた……。

その④劇構成そのものは、ソフォクレスのギリシア悲劇の形式を踏襲

だがブレヒトは、劇構成そのものは、ギリシア悲劇の形式をほぼ踏襲している。アンティゴネとイスメネの序曲（プロロゴス）ではじまり、長老たちの合唱団（コロス）の入場歌（パロドス）の後、筋を展開する挿話（エペイソディオン）と、合唱の場（スタシモン）が交互に五回重ねられ、コロスの退場歌（エクソダス）で終る。ギリシア劇のもつこの様式をブレヒトは、近代劇の陥っていた自然主義リアリズムの覗き箱のような、幕で仕切られた「額縁舞台」に対立する、ある種の異化効果として高く評価し、積極的に遵守している。

「僕らは又、この語り手（の集団としての演劇）の狙いを、人間の行動とその結果を批判的に、つまり生産的に観察する楽しさを観客に用意することだと規定した。こういう立場に立つと、劇のジャンルを細かく分ける根拠などなくなる。……出来事はすべて悲劇的局面と喜劇的局面をあわせもつものである。……もっと厳密にいうと、悲劇的局面で喜劇的局面が、喜劇的局面で悲劇的局面が強くあらわれでてくるのだ」（ブレヒトの「作品解説」）。

二千余年を経た「我らの時代」に、ギリシア悲劇は〈悲劇〉であることを止揚する。

4 『アンティゴネ』素材のテーマとは何だろうか？

こうして原作よりも合理化・先鋭化されたこの作品のテーマは、どのような点でおさえられるだろうか。これもその①からその④までにまとめてみよう。

その①クレオン vs.アンティゴネ

テーバイの暴君クレオンにとって、戦争はビジネスである。しかもそのビジネスは、戦争＝獲物＝愛国＝国家＝祖国＝大地＝故郷の論理で貫かれる。ところがその戦さもうまくいかない戦場で、戦線からの逃亡がおこる。兵をアルゴスに残して一足先にテーバイに戻ったクレオンは、戦意昂揚のために、勝った、勝った、又勝ったという中間報告をし（デマゴギー）、勝ち戦さのためのバッカスの祭りを催す。と同時に、兄エテオクレスの死に驚いて逃げだし殺された弟ポリュネイケスの亡骸を野ざらしにし、「国賊はこういう眼にあうのだ」と国民への見せしめにする（粛清）。「支配者が破滅に瀕する時、どのように暴力が行使されるか」。戦争（あるいは支配）の論理は、勝ち組と負け組、優越者と劣等者の論理（差別の論理）と、その犠牲羊（スケープゴート）を必要とする。しかも祖国愛、郷土愛、組織への忠誠の名のもとに。「最後に道徳という予備軍にまで動員をかけようとする試み」（『日誌』）も行われる。権力に憑かれた男は、己れに逆らう者をすべて切り捨てていかなければならない。「権力を追い求める者は、渇えて塩水を飲むのと同じ、やめられないのです。ますます飲みつづけずにはいられない。昨日は兄、今日は私」(アンティゴネ)。

その精神構造の残忍さ、非人間性、そして脆さ、愚かさ。権力そのものの構造を、ブレヒトはクレオンという男を通して簡潔に描きだす。ヒトラーのユダヤ人狩り、スターリンによる粛清――いや、それは〈権力行使〉のあらゆる局面に通じるものだろう。

そのクレオンの権力に屈し、不安にさいなまれながらも、「さわらぬ神にたたりなし」をきめこむテーバイの人々。だが、その中から、兄の死体の埋葬禁止を許せなかったアンティゴネが立ちあがる。それをきっかけに、自分の眼から、とうにぼろぼろになっていた眼かくしがはずれ、今まで見えなかったもの、見ようとしなかったものが見えてくる。兄を埋葬しようとするアンティゴネの行為は、死者の霊を弔う肉親・遺族の愛、法(国家の掟=人間のつくった掟)を犯してもなすべき神聖な務めを超えて、埋葬を禁ずるクレオンの論理に拮抗する論理へと展開していく。ポリュネイケス埋葬の論理が、脱走兵を支持する論理、侵略戦争の犠牲者を為政者が祀ることを拒否する論理、為政者の侵略戦争に反対する論理(「あなたの戦争です」)、為政者の国家の論理（国体）に反対する愛国の論理（「でもテーバイ、お前が人間らしくなくなるくらいなら、泥にまみれて滅びるがいい」）になっていく。危険なほど論理的なアンティゴネをクレオンは、権力で封じこめるしかない。他の者にそれが感染していかないために。粛清とはそういうことであろう。

それ故アンティゴネの論理は、単なる肉親の情愛の論理をも超える。一九四七年、第二次大戦終結直後のブレヒトには、「古代ギリシア悲劇の偉大な抵抗者は、我々にとって最も重要な意味をもたなければならない反ナチ抵抗戦士の代理を務めているのではない。ここでその人たちの詩をつくるわけにはいかなかった。今日では彼らを思い出させるようなことが殆んど起こらず、それどころか忘れさせてしまうようなことばかり起こっているだけに、なおさらこれは残念なことである」（「作品への序言」）という思いもあった。終戦と共に核戦争の危機と東西冷戦が始まり、反戦と抵抗の論理が終焉していくことへの苦々しい想いとでもいおうか。この『ブレヒトのアンティゴネ』は、ナチズムとスターリニズムとマッカーシズムの三つの極を生き延びて、これから生まれるべき新しい世界と新生ドイツを前に、国家とは、祖国とは、演劇とは何かが、ブレヒトにもドイツ人にも、根底から問われなければならなかったであろう時に書かれ、創られたのだ。

その②さて、アンティゴネの「抵抗」の位置づけは？

何かの事件、何かの不幸に遭遇する。その時、新たな何かが見えてくる。それまではお仕着せの論理を自分の論理にすげかえているにすぎなかったことに気がつく。アンティゴネも、貴族として奴隷たちの焼いたパンを食べ、ぬくぬく生きてきた。その人間の思想こそが奴隷の思想でしかなかったのではないか。ただしそう詰問するのは、長老たちだ――彼らの日和見を非難して去るアンティゴネの後姿に、その彼女の行為の意味を解釈する。「不幸を隠す砦のかげで、ぬくぬくゆったり座っていたはず」、「だがあの女、すべてを悟りはしたが、ただただ敵を助けたばかり」。アンティゴネの〈英雄的行為〉も、長老たちによって批判の光にさらされる。

ブレヒトだって、直接に反ナチ抵抗闘争に加わったわけではなく、亡命の中で生き延びてきたのだから、似たようなものだ。生きてきたとは生かされてきたにすぎない。お仕着せの論理と掟にはめこまれ、抵抗することも剝奪された奴隷の思想。主人と奴隷の関係は、支配の下部構造のみならず、イデオロギー（認識の地平）の上部構造に支えられる。国家、そして支配者は、政治的なビジネスとしての要請を、愛国精神、郷土愛、家族愛、期待される人間像、モラルというベールにつつんで、それ自体としては否定しえない形で押しつけてくる。

主人と奴隷の関係を、奴隷が主人となる形でなく、その支配の総体を、そこから生まれる観念形態を疑ってみること。それには何が必要なのか。お仕着せの思想を疑うこと、自らを、他を差別する意識は我が内にもありはしないかと疑うこと。疑った時に、今度は自分の拠って立つ所、自分の論理を見出さなくてはならない。アンティゴネのように。決して犯されてはならない人間の尊厳を基に、奴隷であることを拒否して自らの論理を構築すること。自立とは、自由とは、本来はそういうことなのだろう。「ヒューマン・ビーイングがその特有の本質であるヒューマニティをより精練させて発展させていく場所」がこれから真に始まっていくために――。このお話はまさにその、「かつて、暗黒の時代に、野蛮な生け贄の獣たちの髑髏の下で人間らしさが雄々しく立ち上がったところ」のお話なのである。

その③〈フェミニズム〉の観点？　近代国家思想と古典文化憧憬の矛盾？

アンティゴネの抵抗はさらに、女性の自立、〈フェミニズム〉の観点からも読めよう。ともあれクレオンに最初に生命を賭けて反抗したのは「女の身」のアンティゴネであった。女らしいやさしい妹イスメネは言う、「私たちは女なんです、だから男の人たちにそんなに刃向《はむ》かってはいけない。強くもないし」。

〈女であること〉は〈人であること〉に相反することなのだろうか。「近代フェミニズム」はそう問うた。人として許せないことを女であるからといって見過ごしていいものなのか。アンティゴネの論理はもはやそんなイスメネの忍耐と服従の論理を許すことはできない。眼かくしをはずして見てしまったのだから、自分の足で歩きはじめてしまったのだから。「お前は、誰でも命令する者に従うがいい、命令される通りに動くといい。でも私はしきたりに従って、兄さんを埋葬します」と。人として当たり前の論理――「女性解放」の原理も、女におしつけられたお仕着せの当たり前の論理をうち破り、自らにとっての当たり前の論理を構築することにあろう。この世界、この社会をつくりあげて構成しているからくり（男社会の論理）から閉めだされた存在であればこそ、その世界への幻想を抱き、それが打ち砕かれた時におこる女性の目覚めでもある。その女たちには、「男社会」に埋没した男たちに見えなくなった〈当たり前の論理〉が見えてくることもあるかもしれない。

アンティゴネの反抗もまずは、国の掟は知らず、竈《かまど》の掟、肉親の掟、人としての掟に誠実であろうとしたことから始まった。例えば『精神現象学』においてヘーゲルは、『アンティゴネ』を自覚的人倫共同体（国家の論理、公的領域、人間の掟、男の世界）と自然的人倫共同体（家族の論理、私的領域、神々の掟、女の世界）の対立と読み、アンティゴネの体現する神々の掟（私の世界）が圧迫からめざめた時（個我の発生）、家族の敬愛という共同体の力を喪失し、これを破壊してしまった、ギリシアの国家共同体は崩壊した、と解釈した。フランス革命を目撃しつつ古代ギリシアの都市国家を理想にして、「近代国家／祖国ドイツ」を夢見たヘーゲルにとって、女性は「国家共同体の永遠のアイロニー」だった。たしかに女・子供・奴隷は、ギリシア都市国家においても、市民からは排除されていた。

ヘルダーリン評価への微妙な位置と言えるのは、このフランス革命に挟まれた「近代国家理想」に裏打ちされた古代ギリシア崇拝である。ブレヒト曰く「そこには、ヘーゲル的なものもある」。

いまやドイツ最高の詩人の一人とも評されるヘルダーリン（一七七〇〜一八四三）は、フランス革命に共鳴し、シラーに影響を受け、古代ギリシアの全一の世界に憧れ、チュービンゲン大学でヘーゲルやシェリングと親交を結び、一八〇〇年頃から数年を費やしたソフォクレス悲劇翻訳は、一八〇四年に刊行された。ヘーゲルもこれを読んだ。古代ギリシアの三千年前の素材と現代の観客との間の時間的な隔たりに架橋するのに、たしかに一方ではヘルダーリンは独特な意味でふさわしかった。

ナチス・ファシズムはドイツ第三帝国のイデオロギー化のために、ドイツ古典文化の称揚、ゲーテやシラー、ヘーゲル、ワーグナーなどのドイツ古典主義と、それと表裏一体をなすかのような古代ギリシア文化理想を存分に利用しつくした。一九三五年の前衛芸術批判の「ドイツ退廃美術展」に対抗させた「大ドイツ美術展」や、ベルリンオリンピックや、リーフェンシュタールによるその映画化での古代ギリシア賛美などは、その象徴例だろうか。ヘルダーリンは後半生を精神の闇に閉ざされて過ごしたせいか、ヒトラーのそういう古典崇拝の流れには利用されなかったし、詩人としてのギリシア憧憬は純粋でもあった。『ガリレオの生涯』や『母アンナの子連れ従軍記』の解説でも触れたが、一九三〇年頃からのブレヒトは、ナチス・ファシズムに抗し切れなかった、あるいはファシズムへと変容していった「ドイツ近代市民階級」の問題を考え続けていた。「ドイツの近代―ドイツの悲惨」――これは第二次大戦後のドイツ歴史学界でも「歴史家論争」という形で展開していくことになるのだが、ともあれブレヒトは、一七世紀の三十年戦争からフランス革命を見据えつつ、近代革命が起こらなかったドイツにおける近代国家憧憬の中で――結果的に「ナチズム/ファシズム形式」がブルジョア文化全体を包み込み、その美徳まで駄目にしてしまった、と読んでいた。

クレオンの論理に、アンティゴネの論理、更に彼女の〝主体的決断〟に続いた婚約者でクレオンの息子ハイモンの論理、そして予言者テイレシアスの論理を対決させることで、又、アンティゴネの論理とイスメネの論理を対峙させることで、ブレヒトは問題の位相を多面的に総体（相対）的に浮かびあがらせ、示してみせる。だが、「アンティゴネの行為の意味は敵を利することにしかならなかった、それが彼女の道徳的貢献の結果だ」（『日誌』）。ブレヒトは殉教が、英雄、ヒーローが嫌いだ。アンティゴネだけをヒューマニティの代表者にしてこと足れり、とするわけにはいかないのだ。

この「解説」の冒頭に引いたように、あくまでブレヒトは、「アンティゴネが、クレオンと長老たちの国家に対してどう振る舞ったかを示しただけ」なのだ。

その④予言者／予見者テイレシアス

「物が見えてくる」という地平でいえば、テイレシアスが神がかりな予言者から、認識の力に裏打ちされた観察者、予見者になるというブレヒトの改作も秀逸だろう。盲目の彼をからかってついてくるクレオンに、「盲者は目明きの後についていくが、その盲者の後に、だがもっと眼の見えん奴がついてくる」と言い切るテイレシアス。見れども見えぬ目明き、ものは見えねどすべてを見通す盲者の眼。第二次情報（デマゴギー）に踊らされる長老たちやテーバイの人々に比し、子供の教えてくれる第一次情報（事実）から、ひとつひとつデマゴギーのからくりを見ぬくテイレシアスの論理。人間は己れに見える範囲内でしか物を見ようとしないもの。眼があいているからすべてが見えていると思いこむことの陥穽。それに対して、見えているものも見えないと思え、当たり前のことを当たり前でないと考えよと呼びかける、それがブレヒトのいう異化効果の精神でもある。

5　コロスの役割とは？

しかし、この劇を決定的にブレヒト劇にしたてあげているのは、長老たちより成るコロス〈合唱団〉の位置づけであろう。『アンティゴネ』の筋は、このコロスの大きな枠構造にはさまれる。ギリシア悲劇のコロスは、普通は都市国家の市民の「普遍的立場」に立って出来事を叙述したり解説したりするのだが、これに対し、ブレヒトは長老たちの位置を明確にすると共に、このコロスの役割と機能をさらに〈ブレヒト化〉する。これについてはさらに三点。

その①長老たちの位置づけ

コロス役の長老たちは、クレオンやアンティゴネのような王家の一族や貴族ではなく、民衆の中の「豊かな人たち」の中から選ばれながら、政治的エリートとして王室政治を補完する権力の寄生者、という微妙な位置を与えられている。国の利益という名目の下に自らの利益を追求する長老たちは、とりあえずはクレオンのイエスマンでしかない。アンティゴネがいくら長老たちの意気地のなさを非難しようと、テーバイそのものの危険を警告しようと、牡蠣のように沈黙する彼ら。

　声なき声としての加担、自己保身――しかしそれはテーバイの民衆たちの態度でもある。かげでこそこそクレオンの悪口を言おうとも、表立った反抗はしない。そしてバッカスの祭りにひた走る。起こっている事態にうすうす気がついていながらも、バッカスの祭りに浮かれる長老たちは、それでもなおその祭りにしたたかな自らの幸福欲求、快楽欲求を体現させるテーバイの民衆そのものでもある。

その②バッカスの祭り

　幸福と快楽への意志は、どういう形で現われようが、人間存在の基本的欲求であろう。それがテーバイの守護神、「歓びの神」で酒神のバッカス（ディオニソス）の祭りに託される。前述のように、改作によるこういうバッカスの位置づけは、ブレヒトのオリジナルである。

　このバッカス像は、ブレヒトが処女戯曲『バール』のモチーフの線上で、一九四〇年前後にオペラの素材として抱えこんでいたあの『福の神』の話を想起させる。歳の市の度に大勢の人たちに投げ与えられる小さな太った、幸福の神を象《かたど》った中国の人形。「東方からやってきたこの神は、大戦争の後の破壊された町々にやってきて、人々を個人の幸福と息災のために闘うように励まそうとする」。当局がその「危険思想」を根絶しようと、この福の神の首を何度も切り落とすが、彼の首はすぐ又、生えてくる。「人間の幸福欲求を根だやしにすることは不可能なのだ」（ブレヒト）。

だが、だからこそクレオンは、このバッカスの祭／祀を事実の隠蔽と戦意昂揚の策略に使おうとした。そしてそれと知りつつ、それに自らだまされようとするテーバイの民衆。事実など知りたくないし、何かにひたって忘れもしたい。あのベルリンオリンピックも、ヒトラーにとってはそういう戦略だっただろう。祭りへの希求の孕むそういう危険な落とし穴が、この劇では、もうひとつ鋭く描かれている。フェスティバルでありレクイエムである祭り／祀りの二面性をも、ブレヒトはバッカスの祭りにおいて、それに浮かれる長老たちにおいて示している。しかし、長老たちは〈民衆〉の部分を抱えこんでいればこそ、テーバイの逃れようのない危険を察知した時、侵略戦争の責任をクレオン一人に押しつけることもできるのだ。

その③長老たちによるコロスの位相

戦争の分け前を待ちわびて、ぎりぎりの所までクレオンに楯つくことをしない、そしてなりゆきに一喜一憂しながらも決してコミットしない日和見主義者。状況に揺れ揺られて実に調子よく、しかしクレオン不利とみるや手のひらを返すように最後に明らさまに彼を見捨てる。このすべてをずるく傍観者的にみる長老たちが、コロスの役割をも担うのだ。〈民衆〉とはそういうものだから――。だが、しっかり見てもいるのだから――。

ブレヒト演劇は、観客が圧倒されたり、登場人物に我を忘れて感情移入することなく、論理と論理の闘いを、リラックスして喝采しつつ、不安と好奇心に唆《そそのか》されて判定を公平に賢明に下せるような演劇、つまり舞台と観客席の間で、ある事柄を互いに検討しあうその壮大なダイアローグとしての演劇だ。そのために合唱団や俳優のうたうソングは、観客が自分の意見をつくること、自分の経験に照らして吟味することを助ける役目を果たす。「ギリシアの劇作法はある種の異化効果、特にコロスの導入によって、検討と吟味の自由をいくらか救い出そうと試みている」(「作品への序言」)。

ブレヒトはこのコロスの役割に興味をそそられ、その解説者としての機能をさらに明確化する。自分の論理を最後まで構成しない長老たちは、観察者、立場をはなれた所で物をみて、ああであり、こうでもありうると多様な観方《みかた》を代弁し、筋を注釈する叙事的な狂言まわしとなる。

答を求めて謎のように聞こえる合唱（コロス）は、合理化されすぎてはいない。だが、それぞれのコロスの機能は原作よりも明瞭だ。長老たちは勝利の歌をうたいながら登場し、人間の不可思議さをうたい、余りに残忍なクレオンをさまざまな神話の例をあげて諌め、バッカスの踊りを舞い、長老たちを非難して去るアンティゴネの後姿に、その彼女の行為の意味を解釈する。「だがあの女、すべてを悟りはしたが、ただただ敵を助けたばかり」。アンティゴネの「英雄的」行為も、長老たちによって批判の光にさらされる。テーバイの破滅が避けられなくなると、テーバイへのざんげの挽歌をうたい、最後にバッカスに、観客に、自分たちの罪を告白してみせる。

長老たちは、アンティゴネとイスメネの対話の序曲《プロロゴス》の直後に入場してからは、ずっとその場に、演技空間に居合わせる。時に介入し、時に静観し、そしてすべての対決を目撃し、注釈する。解釈と思考の自由を許す位置、両サイドを明らかにできる位置におかれている。事件の中で自分の立場やその認識の限定性にがんじがらめにされた人たち、クレオンの論理、アンティゴネの論理、イスメネの論理、ハイモンの、テイレシアスの論理——。それらはしかし、それなりの論理でしかない。論理と論理が拮抗しあうはざまで、長老たちの日和見主義は、何も行為しないが故に自由あるいは無責任に本質をあばく鏡となる。「なにごとにもそれなりの真実はあるもの」という視点で、彼らの行為を異化してくれる。事件を解釈分析する観客の立場にも立っている。

6　ブレヒト演劇の未来形

言うまでもなく、古代ギリシア悲劇は、近代ヨーロッパを経て現代世界にまで、測りがたいほどの深さと広さで影響を与えている。測りがたければこそ、向き合うときには、その我々との距離や関係性をしっかり測る必要がある、ということだろうか。

このブレヒトの『アンティゴネ』改作は、そのことをさまざまに考えさせてくれよう。しかも、これは、ブレヒトがギリシア悲劇を素材にした、唯一の作品なのである。何故なのだろう。その謎解きへの仮説の試みを最後に少しだけ。

その①反アリストテレス演劇

アリストテレスの『詩学』は、ギリシア演劇の最盛期の紀元前五世紀から一世紀後に、それらの作品が生まれた経緯を整理するとともに、その最高最善のもの（ことにソフォクレスの作品）からある一般的な法則を抽出して、それを詩の技法として若い人たちに示そうとして書かれたものだ。全盛期の実践論ではないし、プラトンの芸術否定論に対する反駁として詩そのものの存在理由を見つけようとした最初の試みの美学ともされる。しかしそれらは、ビザンチン（東ローマ）帝国の滅亡でギリシア学者がイタリアに戻った一五世紀後半に再発見される。古代ギリシア悲劇の再発見も、ルネッサンスやオペラや近代演劇の成立の契機となり、一四九八年の『詩学』のラテン語訳はルネッサンス期の文芸理論の基底を形作り、フランス古典劇の範となった。クルチウスによる独訳にいたっては一七五五年で、レッシングやゲーテやシラーがそこから近代演劇の理論と実践のモーターを回す力を得た。一日に一場所で一つの筋を扱えという三一致の法則の五幕構造の戯曲論、ミメーシス（現実の模倣再現）、恐怖と同情の感情同化による浄化のカタルシス理論と写実的演技論——近代演劇の構図と理念が、こうして芸術として成立していった。アリストテレスの有名な定義によると、「悲劇は、高貴な行為のミメーシスであり、叙述によってではなく、行為する人物たちによって行われ、憐憫と恐怖を通じて感情の浄化（カタルシス）を達成するものだ」。

しかしブレヒトが二〇世紀初頭に「反アリストテレス演劇」をテーゼとして掲げたのは、おそらくはそういうアリストテレス的なギリシア演劇の受容史であり、その結果として生まれた近代演劇の構図に対してであって、ギリシア演劇そのものに対してではなかったのではないだろうか。何よりブレヒトは、観客が感情を移入同化することによって簒奪され、考えることを奪われる演劇に疑念を抱き、演劇の感情同化的なドラマ的形式から、考える余地を与える叙事的形式への転換を考案し、さらには従来の劇場演劇の制度を超えて、観客をも必要としない実用的な「教育劇」なるものを提起する。そこではコロス的手法や合唱団の形態を意識的にふんだんに、多様自在に使っている。音楽を切り捨てた近代劇に対してブレヒト演劇は、一貫して音楽劇だ。

その②演劇というメディアの可能性と有効性と活用

ブレヒト演劇の未来性は、「教育劇―ポストドラマ演劇」のラインだけに解消されるものではない。劇場演劇やこれまでの演劇形態をいかに現代に継承するかも、ブレヒトが最後まで考え続けたことである。『ガリレオの生涯』の解説でも触れたことである。

共に考えなければならないと思った時代の焦眉の問題を、ブレヒトは演劇という媒体／メディウムに仮託して考えた。つまり、彼にとって演劇は思考のメディウムであり、アインシュタインが思考実験の中で相対性原理を仮説として立てていったように、ブレヒトも彼なりの思考の過程を演劇の場で仮説として提起したのではなかっただろうか。アインシュタインの場合はその仮説の正しさが原爆／原子力、ビッグバン／ブラックホールのような形で「実証」されていったが、ブレヒトの場合は自然科学ではないから、あくまで現実への仮説、たとえ話としての問題提起なのだ。

ただ、だからこそそれをなおも演劇という場、社会的なフォーラムとして、万機公論に決す場にしようとしていたのではないか。公論形成の場としての演劇。それは、古代ギリシア悲劇が都市国家アテナイの国家行事で、かつ、コロス／共同体の演劇、祭祀としての演劇祭、裁きと検討・評価の場でもあったように。

一九四八年のブレヒトの『アンティゴネ』改作は、演劇の未来形を探る始まりだった。ネーアーはクール市立劇場の普通の額縁舞台に、ギリシア円型劇場のような開かれた演技空間を馬の髑髏の柱で創った。繰り返しになるが一九九二年にストロープ＝ユイエ夫妻は、シチリア島セジェスタにある古代円型野外劇場の廃墟でのドイツの劇団による上演の映像化に移し替えた。もう一つ、私自身が観た印象的な舞台を付け加えるなら、あれはたしか一九八三年夏、ブレヒトの亡命地を追って旅をした途上で滞在したストックホルムでの演劇祭。ニューヨークはリヴィングシアターの客演による『アンティゴネ』。野外劇場で俳優たちが松明を持って四方八方から登場し、中央の演技空間で演じられたのがブレヒトの『アンティゴネ』だった。一九六七年初演の舞台でヨーロッパを巡演していたというが、まさかストックホルムでこういう観劇体験をしようとは、文字通りのサプライズだった。

ブレヒト自身はその後、自らの劇団ベルリーナー・アンサンブルで、亡命期に書き溜めた戯曲を舞台化し、自分の演劇が観客にとって観て考え、役に立つだけでなく、演劇としても観て楽しく説得力をもつものであることを確かめなければならなかった。『肝っ玉／母アンナ』は一九五四年にはパリの国際演劇祭でグランプリに選ばれ、フランスの演劇人（プランションやヴィテーズ）や批評家（バルトやドール）たちに「演劇の歴史に残る日付」、「演劇革命の始まり」と迎えられ、戦後のブレヒト・ブームと演劇の記号論の契機となった。

だが、完成させたがっていた「コロスの演劇」としての『アインシュタインの生涯』も断片のまま、一九五六年八月、五八歳でブレヒト逝去。亡命から帰還後わずか八年足らずだったが、その短期間に、亡命期の遅れと宿題を果たしてから、さて、これからさらなる新しい演劇の試みを再開させようという矢先だっただろうに。ギリシア演劇的試みも、未完の端緒だったのだ。『アンティゴネ』の延長線上で、その先にブレヒトは何を試みようとしていたのかを見たかった。コロスの位相も……その演劇的志を引き継いでいくことも、我々に遺され／託された演劇の未来の可能性なのではないだろうか。現代演劇はいま、もろにそれを探っているようだ。

ブレヒト年譜

一八九八年
二月一〇日、南ドイツのアウグスブルクで製紙工場支配人の長男として誕生。

一九〇八年　一〇歳
レアール・ギムナジウムに入学。
（一九一四年七月、第一次世界大戦勃発）

一九一七年　一九歳
ミュンヘン大学哲学部入学、のちに医学部に転部。
（一〇月、ロシア革命。一一月、ソビエト政権樹立）

一九一八年　二〇歳
召集されて敗戦までアウグスブルク陸軍病院に衛生兵として勤務。
詩『死んだ兵士の言い伝え』が生まれる。
処女戯曲『バール』完成。
（一一月、皇帝ヴィルヘルム二世が亡命し、第一次世界大戦終結。ベルリンでスパルタクス団が蜂起し、ドイツ革命が起こる）

一九一九年　二一歳
ドイツ革命を扱った戯曲『夜打つ太

鼓』執筆。
同棲中のパウラ・バンホルツァーが男児フランクを出産。
（七月、ドイツ国民議会が憲法を採択し、ヴァイマル共和国誕生）

一九二〇年　二二歳
母死去。

一九二二年　二四歳
『夜打つ太鼓』ミュンヘンでの初演成功により、クライスト賞を受賞。
ミュンヘン小劇場の文芸部員になる。
歌手マリアンネ・ツォフと結婚。
娘ハンナ誕生。

一九二三年　二五歳
ミュンヘンで『都会のジャングル』初演、ライプチヒで『バール』初演。
ベルリンで女優ヘレーネ・ヴァイゲルと出会う。

一九二四年　二六歳
マーロウの改作でブレヒト演出の『エドワードⅡ世の生涯』の初演。
ドイツ座の文芸部員になったため、ベルリンに移住する。
エリーザベト・ハウプトマンと親密になり、秘書として協力して貰うようになる。ヘレーネ・ヴァイゲルが男児シュテファンを出産。

一九二六年　二八歳
『男は男だ』初演。

一九二七年　二九歳
詩集『家庭用説教集』出版。
ヴァイルがソング劇『（小）マハゴ

ニー』を作曲。

ピスカートアの政治劇場に協力。

新聞紙上に「叙事的演劇の困難」発表。

マリアンネ・ツォフと離婚。

ジョン・ゲイの『乞食オペラ』がロンドンで一九二〇年よりリバイバル上演されヒット。その原作をエリーザベト・ハウプトマンが一九二七―二八年にかけてドイツ語に翻訳。

一九二八年　三〇歳

エリーザベト・ハウプトマンと共に『乞食オペラ』を改作し、クルト・ヴァイルが作曲した『三文オペラ』がベルリンで初演され大成功。

一九二九年　三一歳

ヴァイゲルと結婚。

一連の「教育劇」の試みを始める。

『屠場の聖ヨハンナ』執筆。

思想家ベンヤミンと知り合う。

教育劇『リンドバークの飛行』執筆。

（一〇月、ニューヨーク株式恐慌から世界経済恐慌起こる）

一九三〇年　三二歳

ライプチヒでヴァイル作曲のオペラ『マハゴニー市の興亡』初演。『処置』を労働者グループと共同で上演。

『三文オペラ』の映画化を巡り「三文訴訟」事件。

一九三一年　三三歳

娘バルバラ誕生。

G・W・パプスト監督の映画『三文オペラ』完成。

労働者劇団の女優マルガレーテ・シュテフィンと知り合う。

『ハムレット』をラジオ台本に改作。

一九三二年　三四歳
映画『クーレ・ヴァンペ』完成。
ソビエトへ旅行。
『母』が上演禁止になる。

一九三三年　三五歳
『処置』上演禁止。

『丸頭ととんがり頭』完成。

国会議事堂放火事件の翌日にブレヒト・ファミリーは、プラハ、ウィーン経由でデンマークへ亡命。

(三月、ヒトラーが政権掌握)

ブレヒト作・ヴァイル作曲のバレエ『小市民の七つの大罪』上演のためパリへ。

デンマークのスヴェンボルに移住。女優ルート・ベルラウがブレヒト一家を訪問。

一九三四年　三六歳
マルガレーテ・シュテフィンをデンマークに呼ぶ。
アムステルダムで小説『三文小説』出版。

一九三五年　三七歳
モスクワへ旅行。ナチスによりドイツ市民権を剝奪される。
ルート・ベルラウとパリの文化擁護国際作家会議に出席。
『母』上演のためアメリカへ。

一九三六年　三八歳

アメリカから帰国。ロンドンの文化擁護国際作家会議に出席。

コペンハーゲンで『丸頭ととんがり頭』初演。

（七月、スペイン内乱が勃発。八月、ベルリン・オリンピック）

一九三七年　三九歳

ルート・ベルラウとパリで行われた文化擁護国際作家会議に参加。

『第三帝国の恐怖と悲惨』執筆開始。

『第三帝国の恐怖と悲惨』と『カラールのおかみさんの銃』がパリで上演。

（一一月、日独伊防共協定成立）

一九三八年　四〇歳

『作業日誌』をつけ始める。

マルガレーテ・シュテフィンと『ガリレオの生涯』執筆。

（三月、ドイツがオーストリアを併合）

一九三九年　四一歳

スウェーデンのリンディゲー島へ亡命。

『肝っ玉／母アンナの子連れ従軍記』完成。

（八月、独ソ不可侵条約締結。九月、第二次世界大戦勃発）

一九四〇年　四二歳

ルート・ベルラウやマルガレーテ・シュテフィンと『セチュアンの善人』執筆。

フィンランドのヘルシンキに移り、夏を作家ヘッラ・ヴォリヨキの領地で過ごす。ルート・ベルラウが家族を捨ててやってくる。

九月、スペイン国境でベンヤミン自殺。
『地主プンティラと下男マッティ』と『亡命者の対話』執筆。
（四月、ドイツ軍がデンマークやノルウェーに侵入。六月、ドイツ軍がパリ占領）

一九四一年　四三歳
『アルトゥロ・ウイの抑えることもできた興隆』執筆。
アメリカのビザが下り、モスクワ経由でアメリカへ亡命。
四月、『肝っ玉／母アンナの子連れ従軍記』がチューリヒで初演。
六月、モスクワでマルガレーテ・シュテフィン病死。
七月、サンペドロに到着、ハリウッド郊外のサンタモニカに住む。
（六月、独ソ戦開始）

一九四二年　四四歳
フリッツ・ラング監督の映画『刑吏もまた死す』のシナリオ執筆、翌年公開。

一九四三年　四五歳
『第二次世界大戦中のシュベイク』完成。
ニューヨーク旅行。
ドイツ亡命者の委員会設立を巡って、トーマス・マンと不和になる。
（九月、イタリア無条件降伏）

一九四四年　四六歳
ルート・ベルラウと『コーカサスの白墨の輪』執筆開始。
亡命知識人団体「民主ドイツ委員会」設立。

（六月、連合国軍がノルマンディ上陸）

一九四五年　　四七歳

『第三帝国の恐怖と悲惨』ニューヨークで上演。

（二月、ヤルタ会議。四月、ヒトラーの自殺。五月、ドイツ無条件降。八月、広島・長崎に原爆投下。日本の降伏により第二次世界大戦終結）

一九四七年　　四九歳

英語版『ガリレオ』を俳優チャールズ・ロートンと改作し、ビバリーヒルズで上演。

一〇月、非米活動査問委員会の審問を受けた後、スイスのチューリヒに脱出。『ガリレオ』ニューヨークで上演。

一九四八年　　五〇歳

ソフォクレスの『アンティゴネ』を改作してヘレーネ・ヴァイゲル主演でスイスのクール市立劇場で上演。

西ドイツが入国拒否、一〇月にプラハ経由で東ベルリンに到着。

一九四九年　　五一歳

ドイツ座で『肝っ玉／母アンナの子連れ従軍記』を上演して大成功。

ヘレーネ・ヴァイゲル主宰で劇団ベルリーナー・アンサンブル結成。

一一月、『地主プンティラと下男マッティ』が初演。

（五月、ドイツ連邦共和国＝西ドイツ、一〇月、ドイツ民主共和国＝東ドイツが成立）

一九五〇年　　五二歳

芸術アカデミー会員になる。
レンツの『家庭教師』改作を上演。
（二月、アメリカでマッカーシー旋風。
一二月、ドイツ再軍備決定）

一九五一年 五三歳
『母』、ゲアハルト・ハウプトマンの二部作を改作した『ビーバーの外套』、『放火』など上演。

一九五二年 五四歳
ゲーテの『ウルファウスト』を改作して上演。
ベルリン郊外ブコウに別荘を持つ。

一九五三年 五五歳
東西ベルリンのペンクラブの会長に選ばれる。

一九五四年 五六歳
パリの国際演劇祭で『肝っ玉／母アンナの子連れ従軍記』が最優秀上演と最優秀演出に選ばれる。
ニューヨークのオフブロードウェイで、ロッテ・レーニアをジェニー役にした『三文オペラ』が大ヒット。一〇年のロングラン。
スターリン国際平和賞受賞。

一九五五年 五七歳
パリの国際演劇祭で『コーカサスの白墨の輪』が第二位を受賞。
詩集『ブコウの悲歌』刊行。
『ガリレオの生涯』の稽古開始。

一九五六年 五八歳
二月の誕生日に、ミラノのピッコロテアトロ座のジョルジュ・ストレーラー演出の『三文オペラ』の初日に観に出かけて、ブレヒトはこの作品が再生されたと絶賛。

大学病院に入院。西ドイツ議会に再軍備反対の抗議文を書く。

八月一四日、心筋梗塞のため死去。

訳者あとがき

古典の所以

このブレヒトの『アンティゴネ』も、個人的な縁《ゆかり》や思いが深い作品なので、今回もまた、つい長い解説になってしまった。とかくブレヒトは理屈っぽいと言われるので心してはいるのだが、それは、ブレヒト作品が今を生きる我々にもいまだ、いろいろなことを考えさせてくれ、考えれば考えるほど、その問題の深度と拡がりが豊かになるからではないだろうか。古典といわれるものの所以だろう。

ギリシア劇は西欧ひいては世界の演劇の源泉で、古典中の古典だ。『アンティゴネ』の素材もギリシア神話に由来するし、そのテーバイ王家の神話をめぐる悲劇もさまざまにあり、ソフォクレス原作『アンティゴネ』に基づく改作や上演も、そして新しい解釈も、古今東西、枚挙にいとまなく、死者を弔うことは、第二次大戦後や〈3・11〉以降はなおさらに切実なテーマでもある。

そういうなかで、ブレヒト演劇は「反アリストテレス演劇」を標榜しているのだから、「反ギリシア悲劇」だと短絡的に理解されているような状況には、昔からずっと疑念を感じて、〈ブレヒトとギリシア悲劇〉の間にはどういう関連があるのだろうという謎を、きちんと一度考えておきたかった。だから今回も、遠慮しつつも存分に「解説」を書かせて頂いた。ご理解願いたい。それでもまだ書き足りなかった補足をもう少しだけ……。

福岡現代劇場公演の『アンティゴネ』

実際にどのように上演されたのかさえ、いまだ十全には解明されていないらしい古代ギリシア演劇に関連することは切りがないので、まずは私事ながらこの『アンティゴネ』への個人的な縁から――。

「我が演劇遍歴」とドイツ演劇との関わりに関しては、近著の『演劇の未来形』（東京外国語大学出版会、二〇一四年）を参照されたいが、大学生時代にドイツ演劇研究を志して、その視点から少しでも日本演劇に貢献できたら幸せと考えていたが、二七歳で大学教師として初赴任したのが九州は博多の地。そこで猿渡公一氏の率いる福岡現代劇場と知りあい、一緒に何かブレヒトの芝居をやろうと意気投合して取り上げたのがこの戯曲だった。一九七七年一〇月、もう四十年も昔のこと。話は盛り上がって、同僚だったドイツ人教師のヴォルフガング・ミヒェル氏と組んで福岡市や県、福岡市教育委員会から、神戸ドイツ総領事館、大阪ドイツ文化センターの後援まで得て、さまざまな催しをも取り込んだ福岡ドイツ文化月間というものにまで発展し、その中で福岡少年文化会館において演じられることとなった。

この戯曲の本邦初演は一九五九年の加藤衛訳・演出の横浜小劇場なのだが、自分の翻訳が初めて舞台に乗る体験だから、翻訳としても新しい試みをと、来日して間もない、もっとも日本語力はほぼ皆無というミヒェル氏との不思議な共訳という形をとった。九大文学部のギリシア文学専門の松永雄二先生にお伺いを立てながら、邦訳も稽古のなかでさらに推敲して上演台本を作り上げ、果ては衣装や小道具を俳優スタッフの皆と稽古のあと夜なべで一緒に作ったり……私にはあれもこれも楽しい、記念すべき初体験であった。この時に大いに活用させてもらったのが、恩師の斎藤忍随先生に貰った『アンティゴネ・モデル　一九四八』——それにならって、猿渡さんが馬の髑髏を四つ調達して、それを頂く四本の柱で舞台演技空間を作り、クレオンの王座だけは骨董品を探して格好をつけ、出演者たちはその演技空間を取り囲んで、出を待つ。音楽は現代音楽の作曲家でもある山本成宏氏が振付家の古森美智子さんと組んで頑張って、当時としてはユニークな作曲を試みた。五つのコロスを中心に、雅楽の様に抑揚で歌って踊れる形にして、俳優たちはそれぞれにさまざまな楽器や音の出るものを手にもって、即興の演奏。福岡現代劇場の二十周年記念公演ということもあって、いろんな意味で目いっぱい力の入った、若い舞台だった。思い入れが深くて当然と、ご寛恕を！。

そのときの上演台本が、この翻訳の土台になっている。上演パンフレットに解説とともに全訳掲載されたので、それが流布して、ブレヒトにしては小品ということもあり、その後もあちこちで上演された。池袋小劇場での関きよし演出、世田谷シアタートラムでの宮崎真子演出、近年では二〇〇九年に東京演劇アンサンブルの志賀澤子演出……等々。蛇足ながら、木下順二氏（一九一四〜二〇〇六）からこの『ブレヒトのアンティゴネ』の上演台本が欲しいというお手紙を頂いて、お送りしたことがある。その後しばらくして一九七八年に、『平家物語』を素材にした大作『子午線の祀り』が発表・上演され、ブレヒトがどうギリシア悲劇に対峙したかということに関心がおありだったのかなと、勝手に納得したものだった。

古代ギリシア演劇の復活の機運

そういえば、ギリシア悲劇の現代的な意匠や位相での復活や上演がある意味で世界的な拡がりをもったのも、一九六〇〜七〇年代だった。代表的な例は、上演においては、(西)ベルリンの劇団シャウビューネの、祭儀的な演技の根源を探る第一夜に、儀式的な祭礼劇としての『バッコスの信女たち』上演の第二夜を組み合わせた「ギリシア古代演劇プロジェクト」。ギリシア悲劇を現代演劇の文脈の中で復活させたと評価されたアメリカのリチャード・シェクナー率いるパフォーマンス・グループの『ディオニソス in 69』。解説でも触れたリヴィングシアターのブレヒト作の『アンティゴネ』。日本での東京大学ギリシア悲劇研究会や冥の会が行った一連の上演等々。劇作家で言うなら、象徴的には、『セメント』や『メディアマテリアル』のようにギリシア劇や神話素材を現代と多様に交差させたハイナー・ミュラーと、後述するイェリネクだろうか。近代演劇の枠を超えようという思いが根底にあるのだろう。

一九四八年のスイスのクールでの上演に際して、ブレヒトが「ベルリン、春、一九

「四五」と題した兄の死をめぐる姉妹の葛藤を描く序景をつけたように、『アンティゴネ』の中心にあるテーマは、死者を弔う行為だ。序景は、今なら「フクシマ　二〇一一・三・一一」だろうか。二万人近い震災の犠牲者と、原発事故の後始末……演劇表象にもさまざまな影響や波紋を残したが、そこにもギリシア悲劇と『アンティゴネ』は共振しているようだ。

アンティゴネの行為は、死者を弔うといった、人として当然なすべきと思われる行為が、国や共同体の法や掟にそむいてしまう反抗の行為となったことで、法や掟、倫理、善悪の所在の根源と境界を問う論理・実践的な地平へと越境していく。人の生き死には個人の問題ではなく、国家や社会が関与しているということが炙り出される。ブレヒトはソフォクレスの原作とは枠組みを変えて、クレオンの戦争を隣国の獲物を狙うビジネスとしての侵略戦争とさらに明確化したことで、兄の遺体の埋葬は、反国家的行為となり、テーバイの国家すなわち故郷そのものさえも破滅に至るのだが……。

ここで〈3・11〉とコロス演劇の関連でやはり少しだけでも触れておきたいのが、オーストリアのノーベル賞作家イェリネク作『光なし』の三部作である。

イェリネクの『光なし』の三部作

二〇一一年三月一一日の日本での地震＋津波＋原発事故の三重の災害とそれに翻弄される人々を、世界でもいち早く演劇表象として問題提起したのがイェリネクだった。当然ながら、日本演劇の側も、それを受けて立つ形になった。

まずは『光なし』――はやくも半年後の九月に書かれ、ケルンでカリン・バイヤー演出で初演され、一二月にイェリネク自らのウエブサイトや雑誌で公開。日本でもその直後にまずは長谷川寧演出でリーディング公演され、翌年一一月のフェスティバル／トーキョー（F／T）2012でも地点の三浦基演出＋三輪眞弘音楽で初演された。舞台の詳細は省略する。

第一バイオリンAと第二バイオリンBの「対話」だけから成る、イェリネク一流の不思議なテクストである。AとBが何を意味するかは定かでない。津波にさらわれた死者たちの対話であるとか、放射線のα線とβ線であるとか、メディアを中心に無防備でときに狂騒的な多弁が増殖する世にあって、「発語すること」と「聞くこと」の主体性を問うているのだとも……。解釈や舞台化は受け手にお任せという、いつものイェリネク節ではある。

ただ、作家自らが参照文献としてあげているのが、ソフォクレスの『イクネウタイ（追跡者たち）』とルネ・ジラールの『リアルの誤認された声』。私たちの私的な研究会である谷川塾でのイェリネク研究者の井上百子さんの発表に教えられたのだが、『イクネウタイ』は、ギリシア悲劇三部作への付録として上演された半人半獣の滑稽卑猥なサテュロス神たちによるコロスからなる原初的で風刺的な笑劇のサテュロス劇で、ヘルメスの竪琴の発明と牛泥棒のエピソードが語られた断片しか遺されていない。現存する唯一の完全なサテュロス劇はエウリピデス作の『キュクロポス』だけだという。いずれも邦訳されている。イェリネクは意識的にこのサテュロス劇『イクネウタイ』のコロスを『光なし』に組み込んでいるのではないか、と。

いずれも動作主が定かでなく、制御不能で、まるで原子が核分裂を起こして光になっていく様子のごとくに描かれている。古代のギリシア悲劇のコロスのような確固たる主体を前提とせず、バッコスの信女たちのような陶酔にもいたらぬコロスの可能性を模索して、人間には知覚できない放射性物質の放出と、人々のパニックに陥ったような声の多層性がもつ危険を、コロスと重ねて描き出し、批判的に検討しているとも思える。

イェリネクはさらに二〇一二年三月一一日に、続編『光なしII―エピローグ？』を発表した。はや震災一年後にエピローグ化されて、忘却されつつあるフクシマの状況を提起するに当たり、ここではイェリネクは、自分の言葉にソフォクレスの『アンティゴネ』の言葉をちりばめる形をとった。法や制度、権力を前にしても、「言うこと／刃向かうこと」をやめようとしない女性の存在を想起・象徴させるためだろうか。このテクストも、発語主体の定かでない、全編が震災後に多様化してしまった人間の生のさまざまな多声のコロスの形をとっている。

これをPortBの高山明は、F／T2012の一一月に、東京は新橋近辺の都市空間をさまざまな報道写真や所縁の表象の品々で福島に見立て、観客がその各所をツアーしながら、イヤフォンガイドでイェリネクやソフォクレスの『アンティゴネ』の言葉を聞くことで、福島―東京のアクチュアルな関係を想起させ、問うことでとらえ返させるという、ツアーパフォーマンスに仕立てて見せた。

二〇一三年には、イェリネクはさらにとどめか追い打ちのように『光なしIII―プロローグ？』を発表し、放射能汚染の問題の認識と発語の必要性と可能性を、哲学的に問いかける。廃墟の地で、誰が語るのかは定かでないが、「起こったこと」と「語ること」の関係を、多声の焦点の収斂しないコロス群像のように問いかける。F／T2013では、演出家宮沢章夫は、夢幻能の形を借りつつ、亡霊のような五人の女性を登場させ、像と声、あの世とこの世、いろんな境界の在・不在を問い、「福島を語ることのプロローグ？」とでもいうべきものへの試みや努力、営為を我々に促しているようだった。誰が何をどう語るのか、発語主体はアンティゴネのように形象化され得るのか。

ともあれこのイェリネクの『光なし　三部作』に関しては、井上百子さんが近いうちに自らの著書刊行を準備中なので、私も楽しみにしているところである。

コロス演劇の現代的な位相

イェリネクのこういう反応の背後には、ドイツでは福島の原発事故を契機に「怒れる市民たち」が立ち上がり、脱原発への舵を切り直したという時代的な文脈への問いかけがあるとともに、市民や大衆やメディアやシステムの声とは何か、どこでどう特定されるのか、匿名性はどう裁けるのか。もっと言えば、演劇表象では、そういうものはそもそもコロスとして担われ得るのか、という問いかけがあると思われる。続く二〇一四年の新作『庇護にゆだねられた者たち』も、エウリピデスの『嘆願する女たち』に依拠しながらコロスの演劇として、現代の難民問題を扱っている。

ドイツではある時期、二〇世紀初頭のナチスや労働者演劇で盛んに用いられた、たとえばシュプレヒコールのようなコロス／合唱団の使用への躊躇《ためら》いや批判があった。だが、それでもなお、心理化された登場人物や個人に還元し得ない発話、内語や多声の表象として、ハイナー・ミュラーなどを先駆けに、一九九〇年代以降には、上演やテクストのレベルで「コロスの演劇」が復興してきたことも、ドイツ演劇界では指摘されている。〈私から我々へ〉の展開は、はたしてどう可能なのか――ブレヒトやミュラー、さらにはイェリネクにまでつながる系譜の問いかけでもあろうが……ますます見えなくなってきている民主主義の主体のありかとありかたへの模索でもあるのだろうか。ネグリ／ハートのいう「マルチチュード」はどこにどう成立するのか、という根源的な問いでもあろう。

コロスの位相への問いかけは、〈弔う―裁く―許す〉の古代ギリシア悲劇のテーマのトライアングルと呼応し、戦争や復讐が無限連鎖するような現代社会のあり様を、根源から問い返せるようなパブリックで演劇的な場を、やはり今の時代が必要としている、ということではないだろうか。やはりブレヒトの『アンティゴネ』は、その先駆けであったのだ。

kobunsha classics
光文社古典新訳文庫

アンティゴネ

著者　ブレヒト
訳者　谷川《たにがわ》 道子《みちこ》

2015年8月20日　初版第1刷発行
2024年4月25日　第3刷発行

発行者　三宅貴久
印刷　大日本印刷
製本　大日本印刷

発行所　株式会社光文社
〒112-8011東京都文京区音羽1-16-6
電話　03（5395）8162（編集部）
03（5395）8116（書籍販売部）
03（5395）8125（制作部）
www.kobunsha.com

落丁本・乱丁本は制作部へご連絡くだされば、お取り替えいたします。
ISBN978-4-334-75315-3 Printed in Japan

いま、息をしている言葉で、もういちど古典を

長い年月をかけて世界中で読み継がれてきたのが古典です。奥の深い味わいある作品ばかりがそろっており、この「古典の森」に分け入ることは人生のもっとも大きな喜びであることに異論のある人はいないはずです。しかしながら、こんなに豊饒で魅力に満ちた古典を、なぜわたしたちはこれほどまで疎んじてきたのでしょうか。

ひとつには古臭い教養主義からの逃走だったのかもしれません。真面目に文学や思想を論じることは、ある種の権威化であるという思いから、その呪縛から逃れるために、教養そのものを否定しすぎてしまったのではないでしょうか。

いま、時代は大きな転換期を迎えています。まれに見るスピードで歴史が動いていくのを多くの人々が実感していると思います。

こんな時わたしたちを支え、導いてくれるものが古典なのです。「いま、息をしている言葉で」——光文社の古典新訳文庫は、さまよえる現代人の心の奥底まで届くような言葉で、古典を現代に蘇らせることを意図して創刊されました。気取らず、自由に、心の赴くままに、気軽に手に取って楽しめる古典作品を、新訳という光のもとに読者に届けていくこと。それがこの文庫の使命だとわたしたちは考えています。

このシリーズについてのご意見、ご感想、ご要望をハガキ、手紙、メール等で翻訳編集部までお寄せください。今後の企画の参考にさせていただきます。
メール　info@kotensinyaku.jp

光文社古典新訳文庫　好評既刊

母アンナの子連れ従軍記

ブレヒト／谷川《たにがわ》道子《みちこ》◉訳

父親の違う三人の子供を抱え、戦場でしたたかに生きていこうとする女商人アンナ。今風に言うならキャリアウーマンのシングル・マザー、しかも恋の鞘当てになるような女盛りだ。

ガリレオの生涯

ブレヒト／谷川《たにがわ》道子《みちこ》◉訳

地動説をめぐり教会と対立し自説を撤回したガリレオ。幽閉生活で目が見えなくなっていくなか、『新科学対話』を口述筆記させていた。ブレヒトの自伝的戯曲であり、最後の傑作。

三文オペラ

ブレヒト／谷川《たにがわ》道子《みちこ》◉訳

貧民街のヒーロー、メッキースは街で偶然出会ったポリーを見初め、結婚式を挙げるが、彼女は、乞食の元締めの一人娘だった…。猥雑なエネルギーに満ちたブレヒトの代表作。

暦物語

ブレヒト／丘沢《おかざわ》静也《しずや》◉訳

老子やソクラテス、カエサルなどの有名人から無名の兵士、子供までが登場する〝下から目線〟のちょっといい話満載。ミリオンセラー短編集で、新たなブレヒトの魅力再発見！

シラノ・ド・ベルジュラック

ロスタン／渡辺《わたなべ》守章《もりあき》◉訳

ガスコンの青年隊シラノは詩人にして心優しい剣士だが、生まれついての大鼻の持ち主。従妹のロクサーヌに密かに想いをよせるが…。最も人気の高いフランスの傑作戯曲！

アガタ／声

デュラス、コクトー／渡辺《わたなべ》守章《もりあき》◉訳

記憶から紡いだ言葉で兄妹が〝近親相姦〟を語る『アガタ』。不在の男を相手に、電話越しに女が別れ話を語る『声』。「語り」の濃密さが鮮烈な印象を与える対話劇と独白劇。

光文社古典新訳文庫　好評既刊

オイディプス王
ソポクレス／河合祥一郎《かわいしょういちろう》◉訳

先王ライオスを殺したのは誰か。事件の真相が明らかになるにつれ、みずからの出生の秘密を知ることになるオイディプスを、恐るべき運命が襲う。ギリシャ悲劇の最高傑作。

毛皮を着たヴィーナス
ザッハー＝マゾッホ／許《きょ》光俊《みつとし》◉訳

青年ゼヴェリンは女王と奴隷の支配関係となることをヴァンダに求めるが、そのうちに彼女の嗜虐行為はエスカレートして……。「マゾヒズム」の語源となった著者の代表作。

変身／掟の前で　他2編
カフカ／丘沢《おかざわ》静也《しずや》◉訳

家族の物語を虫の視点で描いた「変身」をはじめ、「掟の前で」「判決」「アカデミーで報告する」までカフカの傑作四篇を、最新の〈史的批判版全集〉にもとづいた翻訳で贈る。

訴訟
カフカ／丘沢《おかざわ》静也《しずや》◉訳

銀行員ヨーゼフ・Kは、ある朝、とつぜん逮捕される…。不条理、不安、絶望ということばで語られてきた深刻ぶった『審判』は、軽快で喜劇のにおいのする『訴訟』だった！

田舎医者／断食芸人／流刑地で
カフカ／丘沢《おかざわ》静也《しずや》◉訳

猛吹雪のなか往診先の患者とその家族とのやり取りを描く「田舎医者」、人気凋落の断食芸を続ける男「断食芸人」など全8編。「歌姫ヨゼフィーネ、またはハツカネズミ族」も収録。

若きウェルテルの悩み
ゲーテ／酒寄《さかより》進一《しんいち》◉訳

故郷を離れたウェルテルが恋をしたのは婚約者のいるロッテ。関わるほどに愛情とともに深まる絶望。その心の行き着く先は……。世界文学史に燦然と輝く文豪の出世作。